悠悠岁月

人凯 著

北方文艺出版社

图书在版编目（CIP）数据

悠悠岁月 / 人凯著. -- 哈尔滨：北方文艺出版社，2020.7
ISBN 978-7-5317-4754-3

Ⅰ．①悠… Ⅱ．①人… Ⅲ．①长篇小说-中国-当代 Ⅳ．① I247.5

中国版本图书馆 CIP 数据核字 (2020) 第 086366 号

悠 悠 岁 月
YOUYOU SUIYUE

作　者 / 人凯
责任编辑 / 富翔强　　　　　　　　　　装帧设计 / 树上微出版

出版发行 / 北方文艺出版社　　　　　　邮　编 /150090
发行电话 /(0451)86825533　　　　　　经　销 / 新华书店
地　址 / 哈尔滨市南岗区宣庆小区 1 号楼　网　址 / www.bfwy.com

印　刷 / 武汉市卓源印务有限公司　　　开　本 /880×1230　1/32
字　数 /72 千　　　　　　　　　　　 印　张 /4
版　次 /2020 年 7 月第 1 版　　　　　 印　次 /2020 年 7 月第 1 次印刷
书　号 /ISBN 978-7-5317-4754-3　　　 定　价 /28.00 元

目 录

第一章 幸福童年 1

　一、乘势起家 1
　二、相亲相爱一家人 2
　三、课间意外 5
　四、爱玩是小孩的天性 8
　五、广丁上了重点初中 19

第二章 因变生恨 21

　一、膨胀的金钱欲 21
　二、妻子心中的好老公 23
　三、家外有家 26
　四、妻子幡然醒悟 30
　五、儿子的疑惑 33
　六、张丽痴心未泯 42
　七、一个假期的求索 43
　八、莫非原形毕露 47
　九、无力挽回破碎的家 49
　十、广丁开始了游荡生活 52
　十一、归家之路 58

第三章 路漫漫兮 迷途不醒 65

一、我行我素 65
二、恋爱情缘 68
三、广丁结婚了 80
四、结婚后嘴脸初露 82
五、做爸爸后更加冷漠 83
六、苦心经营被糟蹋 86
七、堕落加剧 92
八、妻子艰难支撑 96
九、子债父还 98
十、还债，什么时候是个头 105
十一、家庭环境影响孩子的人生 110
十二、离婚以后 112

第四章 浪子回头幸福归 115

一、亲情感召 115
二、"自食其力"人之本分 120
三、破镜重圆家美满 122

第一章

幸福童年

一、乘势起家

在某城市的近郊居住着一户人家。男主人文正，个子不高，胖墩墩的，头脑灵活，为人机敏。改革开放后，他抢占先机，发了点儿财，在当地成了响当当的富裕户。女主人张丽是一位窈窕淑女，漂亮贤惠，为人老实巴交，她经人介绍认识了文正，走进了这个家。二人结婚后生了一男一女两个孩子，男孩名叫文广丁，英俊秀气，人见人爱。女孩名叫文芝乙，伶俐可爱，惹人喜爱。一个四口之家，日子过得其乐融融。

随着改革开放的深入发展,市中心向近郊扩延,他们家成了拆迁户,顺理成章得到了一笔拆迁补偿费。这笔赔偿款为文正的事业添上了双翼,使他如鱼得水,迅速做起了房地产生意。

由于妻子对他向来唯命是从,一切都是丈夫说了算,因而文正的手脚自然放得开,他在大好政策的支持下,事业发展相当顺利,家产日益壮大。他的财富欲不断膨胀,也应了一句俗语:"水往低处流,人往高处走",更应了"财寻富户"的说法,银子不断地流向他的口袋。

二、相亲相爱一家人

在这个男主外女主内的家庭里,生活是如此美好、幸福。小广丁、小芝乙天真活泼,嬉戏打闹。内有不离不弃的母亲陪伴、呵护,外有拼命赚钱的父亲。父亲赚的钱都不时地交给母亲,家里要吃有吃的,要穿有穿的。张口就能吃上美味,伸手就能套上新装,真是美得很啦!父亲对两个小孩娇惯有加,每天在百忙中也要挤出时间看望他们兄妹俩,一进门就搂进怀里,一个个亲了又亲,吻了左脸吻右脸。吻够了脸又

第一章 幸福童年

吻额头，亲吻声让人听了羡慕得很！亲了小孩，也不能忘记默默支持自己、为自己的事业默默做出贡献的妻子呀！但这得注意场合，捕捉机会。当然，只要使个眼色，妻子也就心领神会。

除了白天挤时间回家亲亲儿女，看看老婆，晚上也没有忘记常回家陪陪老婆，不能让她孤单，他深知人的青春年华是珍贵的，是需要珍惜的。每次看见老公回家，张丽打老远就去接下他的提包，挽起丈夫的手，笑得合不拢嘴，一齐跨进家门。"好一对相亲相爱的夫妻"，近邻不时地夸赞他们，宣扬他们，他们好不得意。

兄妹俩乖巧听话，聪明伶俐，东叫东去，西叫西去，真可谓"父母呼，应勿缓，父母命，行勿懒"。他们自知生活在这个家很幸福，很有满足感，从小就没有穷奢极欲的性格。兄妹俩相亲相爱，一旦母亲出去买菜，哥哥就自动当起家长，主动照顾妹妹。妹妹摔跤、哭泣，哥哥马上跑过去，扶起妹妹，拍去她身上的灰尘，抹去她脸上的泪水，逗她乐。一次，妹妹被邻居家的哥哥打得大哭，小广丁奋不顾身地保护妹妹，并与对方据理力争。他虽然个子矮小，为了妹妹，却一点儿都不畏惧。

兄妹两个无忧无虑，虽然年纪小，也经常在一起谈天说地，天真地谈论自己长大后的梦想，要当教师、医生、科学家、歌唱家。他们的童言童语经常逗得父母开怀大笑，有时

还要闹出许多笑话。时光流逝,很快兄妹俩就相继上学了。孩子上学必须接送,这个任务自然落到了母亲张丽身上。早晨,张丽起来,照顾孩子们洗漱、吃饭。然后,一手牵着儿子,一手牵着女儿上学去,直到送进各自的教室,方转身回家忙家务。中午提着两个饭盒为儿女送午餐。孩子们把饭盒一打开,一股饭菜香味就扑鼻而来,香气四溢。闻到香气,肚子不饿的人也会食欲大开。兄妹俩吃得津津有味,很是享受。大伙看到,都能品味出这对兄妹的幸福感来。吃完饭,母亲又亲手为他们倒水,等他们喝完了,才提着空饭盒,优哉游哉地往家走。

  从学校返家途中,张丽会顺便到菜市场买些菜回去,为晚餐做些准备。她也时刻想着在外打拼的丈夫回家吃饭,"老公回家里来吃饭,伙食更不可怠慢,他在外面辛苦,更应该注意营养的补充。让他补补身子,家里随时都要储备营养丰富的菜肴……"张丽边走边想。回到家中,张丽先吃中饭,虽然吃得晚了点儿,但是为了儿女,为了丈夫,她无怨无悔,心甘情愿,辛苦也觉得快乐。她常感恩自己嫁给了这样一个好老公,有能耐、有作为,因为有了他才把这个家建设得如此殷实,如此幸福。她常是乐在心中,喜在眉头,很是享受,心中充盈着满足感。更不用说生下了一双活泼可爱的儿女,实在是打心眼里欣慰,自觉命运真好,好不开心。

三、课间意外

吃完中饭，忙了一阵子家务后，又到了将近放学的时间，张丽又要去学校接孩子回家。每天都要提前半个小时赶到学校，这是她对自己的规定。这天下午，张丽照常提早赶到学校，离放学还有半个小时，她就在校门外静候。

下课铃响了一阵后，学生们才陆续地走出校门。女儿看见妈妈站在校门外，就加快步伐朝妈妈走来。她蹦蹦跳跳，边跑边叫："妈妈，妈妈，我们放学了，今天老师表扬了我，还奖了大红花呢！"张丽一下将女儿搂到怀里，并说："女儿真乖，大红花真美丽，得到老师的表扬真是好样的，真是爸妈的好孩子！"表扬了女儿后，忙问："芝乙，怎么还不见你哥哥放学呢？"母亲这一问，女儿也慌了神儿，忙拉着母亲的手，"走，我带你去找哥哥！"

母女二人刚走到广丁班的教室门外，就看见教室里讲台前围着一大堆人，有老师，也有学生。走近一看，广丁的班主任也在。班主任吴老师见广丁的母亲来到了教室，忙打招呼，说："广丁因与同学打架，摔伤了右腿，现在校医正在为他包扎……"张丽一听慌了，一把鼻涕一把眼泪跑到广丁身边，喊道："儿子，儿子，你怎么了啦！"张丽一把抱住儿子："孩

子,痛吗?"老师们见状马上劝住张丽,并把她拉到一边安慰道:"广丁妈妈,您别急,我们正在想办法,伤得不是很重,不要伤心。"这时候,张丽才想起要通知孩子的爸爸来学校。不一会儿,文正的车停到了校门外。他下了车,气急败坏地走进教室,没好气地对老师说:"你们是怎么搞的嘛,出事这么久了为什么还不送医院?我儿子若是有个三长两短拿你们是问!"这时广丁也痛得哭爹喊娘,一点儿也不配合校医的治疗,挣扎着要回家。妹妹见状放声大哭:"哥哥,哥哥……"文正抱起儿子径直上了车,班主任吴老师紧跟其后,张丽带着女儿一齐上了车。车子开动了,以极快的速度朝省人民医院驶去。

　　到了医院,挂号、交费,又是检查,又是照CT(电子计算机断层扫描),大伙一直等到片子的结果出来。医生对着片子看了又看,说:"伤势不重,没什么大碍,只是碰伤而已,上点药就没问题了。"文正用疑惑的目光盯着医生,然后说:"真的吗?请一定看仔细一点儿啊!"医生又拿起片子看了会儿,回答说:"是真的,没有大碍!"这时,在场的人都深深地吁了口气。文正与张丽对视着,脸都舒展开来。广丁的哭声也由高转低,慢慢地停住了。小孩子受到撞击自然有点儿痛,但更主要的是受了惊吓。看到这么多人都来了,特别是看到父母,更有几分娇意,因而放声大哭。医生开了点外用药,在伤口处敷了药后,就让他们回去了。

班主任老师再三道歉："我没管好学生，请家长谅解。惊扰了你们，对不起，小广丁受了伤，我也很心疼。今后绝不会再发生这种事的，请放心！"同时也解释了事情的始末，"对方学生叫梁可兵，与广丁是好朋友，两个孩子经常一起玩耍、打闹。使广丁受伤也不是故意的，请家长宽大为怀。都是小朋友，我们会加强教育的……"一番话说得文正心态平和多了。由于广丁的伤势不太严重，花钱也不算多，也就不加追究了。文正对老师也说了几句好话，并先把老师送回学校，然后一家四口回到家里。

回到家里休息了一阵后，文正询问广丁，得知他不太痛了之后，便扶着他，叫他慢慢下地试着站立。广丁能站立，但比坐着腿脚要痛些，因而刚站立又坐到了椅子上。父母相信，广丁的伤过几天就会好的。张丽安慰广丁说："好孩子，真勇敢，不怕痛，是个小男子汉，爸爸妈妈最爱你！"接着在他的小脸蛋上亲了又亲。妹妹看在眼里，羡在心里，妈妈看出了芝乙心态失衡了，于是，也在她的脸上亲了又亲。文正安抚孩子："要听妈妈的话，好好上学读书，注意安全，哥哥、妹妹要互相保护，互相关心。爸爸单位有很多事要做，得马上去单位。"说完就要走，兄妹两个都摇摇手，与爸爸再见。爸爸也做了飞吻的手势，说："乖，拜拜！"转身走到屋外，驾着车去了施工现场。

由于小广丁受伤不能走路,张丽又不会开车,所以每天上学放学都只能用单车驮着他。就这样,张丽每天早晚推着单车,驮上小广丁,芝乙跟着单车快跑。坚持了一个来星期,看到小广丁走路越来越顺畅,恢复了正常,就不再推单车了,又恢复了兄妹俩手牵着手上学、放学回家,母亲紧随其后的日常状态。

四、爱玩是小孩的天性

双休日是兄妹俩最期待的日子,在妈妈的陪伴下去公园、去游乐场,每次去都要玩好几个项目,诸如碰碰车、过山车、游戏机、模拟飞机,还要看动物、游泳……玩得尽兴了、累极了才想起回家。妈妈每次还要买吃的、买玩具,家里各种各样的玩具应有尽有,到处都是,孩子们玩厌了、不想玩的都堆到一起,无人问津。有的干脆丢了省心,免得占着地方。反正没玩过的、新鲜的,孩子们只要一见着就一定得买回家,在家里玩玩具也玩得不亦乐乎。

一年一年过去了,孩子们很快长大了。比妹妹大两岁的小广丁已经读四年级了,慢慢具备了独立玩耍的能力。他

第一章 幸福童年

在学校结交了很多朋友，因此，与同学相处、玩耍的时间比较多了，男女有别的观念开始在头脑中形成模糊的概念，觉得男孩子应该与男孩子一起玩，自然而然就与班里、邻居家的男孩子玩得多，每次玩耍都顾不上叫妹妹。广丁懂事了，长大了，不再需要母亲随时随地关照。这样一来，张丽也感受到了轻松，不需要像以前那样领着他们、守着他们，甚至陪着他们玩耍。有时候，哥哥还可以管管妹妹，带带妹妹。张丽深深地松了口气，心里好不惬意。广丁也很少提出去公园等游乐场所玩了，花在小孩身上的钱就减少了。虽然家里不愁钱花，但是，能减少些开支也是好的。

在家里玩得多了，难免有些厌腻感，想到外面看看山水，感受感受外面的新鲜空气，欣赏大自然的美。一个星期六，刚吃过早饭，广丁就出门到屋前的树下看蚂蚁搬食物回家。张丽要去市场买菜，她告诉在家拼积木的芝乙："哥哥在门前的树下玩，你也去那里跟哥哥一起玩吧！"小芝乙执意要在家里玩玩具。张丽也招呼她几句："那你在家里好好玩，不要到处乱跑，听你哥哥的话，过不了多久妈妈就会回来的。"芝乙连连回答："嗯，嗯！"张丽走到门外，对广丁说："你看你，弄得脏兮兮的，妈妈去市场买菜了，你要看好家，带好妹妹啊！"他马上站起身，毕恭毕敬地向母亲敬了一个队礼，响亮地回答："是！"

一到市场张丽就寻找孩子们喜欢吃的食物，挑新鲜的，

挑了一样又一样，直到把想买的都买齐了，才心满意足地往回赶。过了两个小时张丽回到家，走到家门前一看树下，儿子不在那里玩了。张丽想："他肯定在那里玩不了那么久，可能回了家。"走近家门，她不停地叫着："广丁，芝乙，妈妈回来了，给你们买了好多好吃的呢！"屋里没人应答。她推开门一看，小芝乙在沙发上睡着了，满地都是积木和其他玩具。张丽知道女儿是玩累了，随手拿一件衣服披在女儿身上，怕她冻着。张丽来不及收拾玩具就叫起了儿子："丁儿，丁儿……"没有人答应。她找遍了房间的里里外外、床上床下，还是没有儿子的踪影。

"肯定去了邻居家跟伙伴玩去了。"张丽边想边走。她挨家挨户询问邻居，"广丁没来你家跟你家小孩玩吧？""广丁到你们家来玩了吗？""看到广丁了吗？" "看到广丁去哪儿了吗？"可找了一圈还是不见广丁，"难道是和同学去学校玩去了？"张丽拔腿就往学校走去，走得上气不接下气。她气喘吁吁地走进校门，只见学校里空荡荡的，空无一人。张丽忙问门卫："您看到有学生来学校玩吗？"门卫摇摇头说："没看见，一上午没见一个学生进过学校。"张丽转身就往回跑，眼泪唰唰地流。走近家门，听到女儿的哭声，忙叫道："女儿，妈妈回来了，乖，快开门！"门开了，女儿泪眼汪汪站在她面前，张丽忙进屋，把女儿抱起来，走进洗漱间为她洗干净，然后紧紧抱住她亲了又亲，

第一章 幸福童年

女儿的心也平静下来，慢慢地露出了笑容，"妈妈我饿了！"张丽马上给女儿做吃的，只见她狼吞虎咽，很快就吃饱了。张丽见女儿吃饱了，心情缓和了一些。妈妈还来不及问女儿，女儿竟问起了妈妈："妈妈，我哥哥呢？"这一问，像一根钢针刺进了张丽的心，思绪又回到了几个小时不见面的儿子身上，连忙反问道："你没看见哥哥吗？哥哥去哪儿了你不知道吗？"芝乙的头摇得像拨浪鼓似的，眼圈又发红了。

直到吃中午饭也不见儿子回来，张丽急得像热锅上的蚂蚁，"儿子呀，你去哪儿了？"她愁眉苦脸，站在门外逢人便问："看到我儿子了吗？""看到文广丁了吗？""看到一个十来岁的小孩去哪儿了吗？"文正闻讯赶了回来，火急火燎地用电话一个一个询问亲友，所有的亲戚、朋友、同事被问了一遍，得到的都是同样的回答："没看见，不知道！"儿子就这样莫名其妙地不见了，夫妻俩手足无措，忙向派出所报了案，发动了所有能发动的人分头寻找。文正的工地也停工了，集中所有力量，结成一只网，向城市的四面八方铺撒开去。搜寻、呼叫，屋院、水边、山林、公园、游乐场、网吧、商店无所不及。广丁可能去的地方都地毯式地搜寻个遍，还是没有一点音讯，一个个电话联系都是"没看到"。搜寻的人慢慢失去了信心，大多数人认定可能被人贩子抓走了。文正夫妇也默认了这个结果，不得不同意

停止搜寻，只得等待派出所破案了。

　　文正想："如果能抓住人贩子，案子破得快，儿子就有救，否则……"他不敢往下想。张丽看出了丈夫的心思，觉得没有了希望，突然眼前一黑，缓缓地倒下去。文正见状迅速抱住妻子，惊呼："老婆，老婆！"旁边人马上过来帮忙，把张丽轻轻地放到地上。有人掐住她的人中，她慢慢苏醒过来。文正松了口气，长长一叹："我的妈呀，幸亏不需要去医院了，不然如何了得，一桩事还嫌不烦吗？"没有办法，只得扶起妻子，一步一步往家走去。在慌忙之中，来帮忙的人一个"谢"字都没听到就纷纷回了家，文正有点自愧。不过反过来想，帮忙的都是亲戚、朋友，感谢也不在一天两天，以后的日子长着呢，相互之间是长来往的，谁家都会有不可预测的事情的。俗话说："天有不测风云，人有旦夕祸福。"人与人都生活在互助之中，真是"一家有事，百家不安"呀！走着走着，好不容易到家了。这时，文正已累得上气不接下气，恨不得有两个鼻子呼吸，赶快把老婆安顿到沙发上坐下。张丽低垂着脑袋，不停地哀叹，眼泪仍在不停地往外淌，嘴里默默地念叨："我的儿呀，你到底去哪儿了？早点回来吧，外面不安全啊！"夫妻俩似乎都忘记了家里还有个小女孩芝乙。不过，女儿今天特别懂事，一点也不黏爸妈，没有过来给爸妈添乱。

　　天色慢慢暗下来，夜幕就快降临了。芝乙也控制不住自

第一章 幸福童年

己的情绪，走近妈妈。她一只手拉着妈妈的手，另一只手轻轻抹着妈妈的眼泪，用低微的声音对妈妈说："妈妈，我饿了！"张丽这才恍然大悟："难为我女儿了，大半天还没吃一点东西，饿坏了吧？"马上示意丈夫去上午买回的食品里找些零食给女儿吃。也只能委屈女儿了，晚上，夫妻俩是不可能有心思做晚饭的。饿了，就只好让女儿吃零食，暂且充饥。夫妻俩就是有现成的饭菜也是吃不下去的。夫妻两个都坐在家里，对视着，唉声叹气。丈夫关注着妻子，生怕又出现不测，自己也愁眉不展，满腔心事。芝乙看到家里的情形，默不作声，拿着零食走到哥哥上午玩耍的树下，呆呆地左顾右盼。突然芝乙大声叫着："哥哥，哥哥！"并朝着门前的一条大路跑去。两人一相遇，她一把抱住广丁大哭起来："哥哥，你去哪儿了？"文正夫妇听到喊声，迅速跑出家门，朝儿女所在方向跑去，把儿子紧紧拉住："我的宝贝，你去哪儿了啊，快回屋，饿坏了吧？"还是母亲先开口，文正紧接着说："你去哪儿了？怎么不告诉妈妈或妹妹一声！这么晚才回来，要是碰到什么危险咋办？"四个人拉扯着回了屋。

邻居们听到后都围了过来，围得水泄不通，七嘴八舌的，"回来了就好！""没有遇到危险是你们家的福分！"家里出现了前所未有的热闹，欢声笑语充满了院子。有的冲广丁问："你去哪儿了，害得你爸妈好惨，你妈妈急得

快晕死过去,你知道吗?邻居、亲戚那么多人一下午都没找到你,到底怎么回事?"广丁一声不吭,呆若木鸡,眼珠子不停地转动,凝视着每一张脸。他是被这阵势惊呆了,还是众人的话语使他不由自主地反省自己的行为?应该说二者都有吧。此时,他的心情一定是很尴尬的,很复杂的,只愁没有地方躲藏。面对大家的追问,他的脸在灯光的映照下显得更加昏暗、惨淡。这时候,父亲看出了他的心思,对众邻居说了几句感谢的话,并让他们回家休息,最后说:"谢谢各位的帮忙,大家辛苦了,广丁回了家,你们也可以放心了!"大家纷纷散去,各自回家。

这时家里恢复了平静,张丽才想起做晚饭。夫妻俩是两顿没进食,而广丁如果中午没吃东西也是两餐没进食了。这时肚子最饿的可能要数广丁了,可他怎好张口呢?广丁的心里犹如十五个吊桶打水,七上八下的,正盘算着父母将会怎样批评他、责罚他,他害怕挨父母的责罚。强烈的羞愧感侵袭着他稚嫩的身体,他感到全身软绵绵的,一下瘫坐到沙发上,头靠住沙发,闭上双眼。是在思过,还是劳累过度?休息了一会儿才恢复元气。很快母亲将饭菜做好了,端上了桌子,色香味俱全。大家都累了、困了、饿了,本想可以吃顿可口的晚餐,大家异口同声叫广丁吃饭,没想到他一动不动,却放声大哭起来。哭声中充满多少个"想不到",想不到一玩就是一整天,想不到使家人如此牵挂,

第一章 幸福童年

使父母如此伤心,想不到会牵动如此多的人……他越哭声音越大,越哭越伤心。其他人谁也没端饭碗,谁也没动筷子。无论怎样安慰、劝说,广丁的哭声就是停不下来。没有办法,大家耐着性子等着。好久之后,他的哭声慢慢小下来,抽泣一阵后,竟靠着沙发睡着了。一桌精心准备的饭菜,由于主角的缺席,吃起来很是乏味,犹如鸡肋梗喉,难以下咽。母亲一放下碗就坐到儿子旁边,看到他睡得又香又甜,看到他的大花脸和脏兮兮的衣裤,又怜悯又好气。想给他换洗又怕弄醒了他,就这样陪他坐着。文正提出要去公司,说手头有许多事没做完。妻子有点不高兴,儿子的事还没弄明白,到底发生了什么也不知道,还非得去公司,抱怨丈夫没有责任感,对家庭、对儿女缺少关心。文正没做任何解释,执意驾车去了公司。张丽无可奈何,也不知道他到底去做什么,为了支持丈夫的工作,也就都忍了。

广丁一觉醒来,已经是后半夜了。母亲见儿子醒来,马上为他换衣服、洗脸、洗脚,热好饭菜,端到广丁面前。这时他一点儿也不客气,也没有了羞愧感,毫不犹豫地端起饭碗,狼吞虎咽地一碗接一碗,一连吃了三大碗,菜却吃得不多。吃饱了还舍不得放下筷子,一股劲地吃着菜,似乎中午没吃的饭菜,晚上都得补上。吃完饭,妹妹紧紧地抱着哥哥,久久地不肯松开。母亲什么也没说,休息一会儿后,叫儿子洗了个澡就睡觉去了。

　　第二天是星期日，虽然是休息时间，张丽和孩子们都照样起得很早。早餐是讲究多样性的，注意营养的丰富和均衡，这点张丽是懂的，她早就准备好了。边吃早餐边哄得兄妹两个乐开了花。吃完早餐，张丽叫他们休息会儿后就写作业。写作业需要花上两个来小时，因为两天的作业只能一天完成，明天就要上学了。做完作业就到了将近做中午饭的时间，一上午就这样过去了。至于作业的正确与否就全凭他们自己了，张丽是不知道的。下午广丁与妹妹玩得挺开心的。玩了一阵，兄妹俩就聊起天来。聊着聊着，广丁就谈起了昨天的事情。芝乙听得很认真，聚精会神的。哥哥说："昨天我在树下看蚂蚁搬食物挺有趣的。突然来了两个同学，一个是马文斌，另一个是罗立贤，他俩都是外村人，他们也感到很有趣……"妹妹打断哥哥的话："你为什么不叫我也去看？""你不是在家里玩积木嘛！"广丁回答说。

　　听了哥哥的描述，芝乙明白了事情的原委。昨天，广丁他们三个人用棍子拨动蚂蚁，蚂蚁慌了，乱窜乱爬，一只只都爬进洞里不出来了。蚂蚁不见了，还有什么好玩的！突然，马文斌若有所思，站起身来，冲他们两个人说，在他们家附近有座山，山边草丛中有很多蟋蟀。罗立贤高兴得跳起来，提议大家一起去抓蟋蟀。广丁在电视里也看到过斗蟋蟀，蟋蟀打斗起来太有意思了。三个人一拍即合，撒腿就跑。手拉着手，有说有笑，兴高采烈地往目的地走去。广丁一时

第一章 幸福童年

兴奋就把妈妈去买菜时给他讲的一切都忘了,把在家里玩玩具的妹妹也忘得一干二净。心里没有了牵挂,更显得开心,走起路来更有劲头。走过一个山头,广丁问:"到了吗?""没有!"文斌回答。又走过一个山头,广丁又问,回答还是一样。他有了疲乏的感觉,又口渴,好想坐下来休息一会儿喝口水。找水喝很好办,马文斌和罗立贤两个都很在行。于是,三人一起到井边喝了水。喝完水,广丁一屁股在井边草地坐下,说:"累死我了,怎么这么远,还没到呀!"其余两个人一点儿都不觉得累,继续上路,广丁也只好跟着走。又走过一个山坳,马文斌与罗立贤都指着对面的山头,异口同声地说:"到了,到了,对面的山头就是!"广丁又恢复了体力,快步朝山那里走去。那座山不算高大,却林荫茂密,树上青翠欲滴,山脚有潺潺溪水流过,空气清爽沁人心脾。走到哪里都有神清气爽的感觉,真是神仙住的地方。一走到山边,他们就毫不犹豫地找起蟋蟀来。一人折一根小树枝作工具,在草丛中、在烂叶枯枝下不停地拨动,却没有发现一只蟋蟀。他们突然想到蟋蟀是要到晚上才出来活动找食物的,可是大家总不能等到晚上吧。"大家不要泄气啊,肯定会出现奇迹的,继续努力吧,冲啊!"罗立贤高喊着。广丁知道他是为大家打气,附和道:"对,会出现奇迹的!"突然传来一个声音,是马文斌在自言自语:"终于愿意见面了,谢谢你,你好,别走啊!"他一把抓住蟋蟀朝大伙说:

"逮住了,逮住了,快来看啊!"大家一抬头,果然一只又大又肥的蟋蟀在他手里了。一个奇迹出现了,接下来的奇迹会接二连三出现的,大伙信心十足。他们忘记了饥渴,忘记了时间,只是一股劲地在草丛中、枯枝烂叶下寻找。寻着、找着,三人都离开很远了。广丁好不容易找到一只,却因为手忙脚乱让蟋蟀逃跑了。他非常着急,可是越急越找不着。这时,马文斌又逮到了一只,他高兴得跳起老高,抓着蟋蟀不停地向伙伴们炫耀。罗立贤也举起手来,说也抓到了一只。只有广丁默不作声,继续扒着、找着。马文斌说:"没抓着不要紧的,反正我抓了两只,给你一只就是嘛!"罗立贤说:"算了,走,我们找块平地玩斗蟋蟀去,反正咱们一人有了一只。"三人一齐下了山,在山脚下找到一块空地,把各自的蟋蟀放到地上,自己控制好自己那一只,不让它跑出去,不时用棍子赶着它们互相打斗。"多么有趣!""太好玩了!""我的打赢了!"三个人不时地发出叫喊声。玩着、喊着,多么希望自己的那一只能打赢,打赢了就是最开心的时刻。可是,他们谁也没觉察到天色渐渐暗下来,也不顾及口渴和饥饿,都不想停止蟋蟀的打斗,都不想回家。就在玩得起劲,喊得高亢的时候,马文斌和罗立贤的头上各被拍了一掌,两人一下被惊醒。回过头一看,各自的爸爸已站在了各自的身后,他们怒气冲天相继叫自己的孩子站起来,严厉地批评他们说:"我们找了很久，没回家吃中饭家人就非常担心，四处打听，找不见人影，于是，想沿山寻找。忽然听到小孩子乱七八糟的呼喊声，就朝着呼叫的声音走过来，果然是你们几个。这么晚了，还不回家，你们难道想在山里住？"三个小孩都不敢吭声。接着爸爸们一声令下："赶快回家，回家算账！"他们了解到广丁是他们儿子的同学，忙问："要不要送你回家？"广丁回答说："不要，我自己能回去！"就这样都各自回到了自己的家里。

五、广丁上了重点初中

广丁小学毕业了，父母望子成龙，让儿子上了当地有名的重点初中就读。重点中学管理比较完善，家里操心少了。特别是母亲，不用早晚送接，也不用送午餐了。吃住都在学校，多用几个钱是不在乎的，反正都花在儿子身上，花得值得。虽然这样，做母亲的还是放心不下，隔三岔五要去学校看看儿子，顺便送点吃的，给广丁点儿零花钱，让他买自己喜欢吃的东西。每到双休日广丁回家，张丽都要做好吃的给他吃，每到吃饭时，总把好吃的往广丁碗里堆，因此，广丁把吃饭

当成了包袱。每次吃饭，看到饭碗里满满的山珍海味，他一点儿食欲也没有，只能慢慢地咀嚼下咽，吃一餐饭要花很长的时间。只要吃完了，母亲都会开心地微笑，又是表扬又是鼓励。

第二章

因变生恨

一、膨胀的金钱欲

孩子大了，文正回家的次数也一天天减少，单位的事情越来越多。他把照顾小孩的担子都交给了老婆，说自己顾不过来，心有余而力不足。张丽很支持丈夫，因为家里的经济来源全靠他。家里花销那么大，要不是他在外打拼，怎么应付得了。随着事业的壮大，文正的欲望也在不断膨胀，他发现了新的商机：搞房地产需要好多的建筑材料，建筑材料最赚钱。他与张丽商量："老婆，我有个想法，想和你探讨一下，

分析一下可行性！"张丽点了点头。接着文正滔滔不绝地谈起房地产的发展趋向，建筑材料的市场需求与短缺情况……在张丽面前谈这些犹如对牛弹琴，还不如直截了当地说"我要做什么"更直观、更省力、更省口舌。其实，文正并不是不清楚，他只想绕绕弯子讨老婆欢心。他接下来说："我想赚更多的钱，我满脑子都是钱，钱，钱！"他停了一会儿，眼睛眨了眨，说："要想事业不断壮大、发展，我想办个建筑材料厂，生产建筑用油膏等防潮黏合剂。这是个新型产品，现在的建筑都时兴防潮施工，需求量很大，很受消费者青睐，市场广阔，前景极佳。"张丽听得天花乱坠，连连点头。她也发话了，她的话充满着对丈夫的体贴和关心。她说："你的事本来就很多，挺辛苦的，除了白天，有时晚上还得加班，你吃得消吗？"文正马上回答："这个你不用担心，我自会考虑，顾及身体，会注意分寸的。只要你管好家，管好孩子的学习，你就是功臣，我就能放心干事业了。想干的事情一定会成功的，工地、工厂的事你就不用操心了！"张丽满心欢喜，说："好是好，不过，得请好多人吧？人多必杂，如果人请不好会出乱子的！人多了开销也不少吧，吃得消吗？"文正顿了一下，说："这个我会把好关的，选拔人是件很复杂的事情，一定得选准了才有利于事业发展，你就放心吧！"事情就这么定下来了。其实，文正早就有思想准备，心里早就筹备好了这个项目，只等老婆大人一批准，项目就可以动起来了。不过这也只是走过场而已，一来在老婆面前说得过去，二来在外人面前能大胆地说是与老婆商量的结果。

二、妻子心中的好老公

与老婆商量后，文正积极做准备，筹备设备。所需人力其实就是以建筑工地的原班人马作基础，再请上几个懂技术的人员就行了。因此，招工的事情进展很顺利。

人员增加，食堂规模随之扩大，炊事员就要增加，但食堂的主要工作还是以原来的负责人莫非为主。莫非，女性，二十几岁，年轻漂亮，秀色可餐，待人和蔼，平易近人，可谓是人见人爱。董事长文正很有眼光，早就相中了她，她是董事长的得力助手。一个企业要发展，食堂是不可或缺的，是不可轻视的。食堂对企业的发展和繁荣起着至关重要的作用。要调动员工的积极性，要发挥员工对工作的主动性，使他们有自主精神和创新精神，必须把食堂办好。老板把员工的伙食搞好了，员工才会铆足劲为老板干活，从而没有怨言，才会把企业看作自己的家，才会把企业的事情当作是自己的事情。因为最容易使人不满的、有怨言

的是一日三餐不可口,一旦三餐不好,员工就会满腹牢骚,消极怠工,劳动效率自然是很低的。文正早就看准了这一点,故而他很重视食堂,从来不亏待员工。莫非在食堂,文正很放心,因为他相信她,时间久了,爱慕之情在两人心头滋生。文正喜欢莫非的年轻和漂亮,莫非喜欢文正的事业有成。他们眉来眼去的,外人早就有察觉,不时也会有几个人一起对他们的事侧耳议论,窃窃私语。

两个人相好这件事,只有张丽一点儿都没发觉,她依然视丈夫为家里的顶梁柱。她极度相信丈夫,对丈夫唯命是从,对他的所作所为一点都不存疑,对他的事业也一如既往地支持,对他的身体关怀得无微不至,对他的人品还是那样尊重、佩服。在她的脑海里,他的形象是那么高大,他的能力是那么强大。

的确,他事业有成,积攒了财富,他是一个幸运儿。可谓是春风得意,万事胜意,他的事业有如乘坐顺风船,他可算得上一个成功人士。

文正隔三岔五回到家里看望妻子儿女,这是他的责任,也是他应具备的担当。回去总要为老婆和孩子买些东西,有吃的、有穿的,也有老婆的饰品、化妆品和孩子们的学习用品及玩具。每每未进家门就大呼:"老婆,老婆,我回来啦!"张丽一听到老公的呼叫,立即放下手头的活儿,迅速开门迎接。接过丈夫的手提袋,挽起丈夫的手,一齐

第二章 因变生恨

步入家门。乡里乡邻见到此情此景,有的称赞、有的羡慕、也有的心里泛起苦涩……

　　当然,世间各种各样的夫妻关系都有,好的无外乎相亲相爱、相敬如宾、情投意合;坏的关系大多貌合神离、表里不一、同床异梦……文正和张丽与哪一种夫妻关系相符,别人自然不明白,也不会有人去胡诌,只是触景生情而已。只有文正是心知肚明的,自己心中的小算盘早就拨上了几颗珠子,不知拨得如意不如意,自己心里也没有底。而在张丽的心中就咬定了与丈夫是相亲相爱的一对,一定会白头偕老,海枯石烂不变心的那种,她坚信自己与丈夫的爱情是经得起时代变迁、日月洗礼、季节沉淀的永恒的爱情。在爱情上谁不渴求永恒?女人大多数都害怕丈夫变心,害怕夫妻同床异梦,害怕丈夫抛弃妻子、置家庭于不顾、置儿女于不问、背信弃义、丧失担当和责任,去寻求新欢,做今世的陈世美!每当丈夫回到家,张丽都很开心,特别热情,总是嘘寒问暖的。有时也为丈夫捶捶后背,按摩按摩肩部及腿部。文正心里暖暖的,感受到妻子的关爱、家庭的温暖。

　　但是,在家里的时候,文正经常心神不宁,即使在家里过夜,也睡不安稳,张丽慢慢地看出了一些端倪,但她不相信自己的丈夫会移情别恋,而是怀疑丈夫的身体有什么毛病。她三番五次地询问文正:"你的身体近来没有什么毛病吧?"丈夫坚定地回答:"我的身体硬朗,好着呢!""你

是不是很劳累？体力能支持吗？要不就在家里休息几天吧！"张丽接下来问。"不，明天早晨就得去！不去，这么大的场面谁应付得了，要是出了乱子，这个责任谁都担当不起！"听到文正的话，张丽的疑虑都消除了，认为自己的老公是好老公，不会做出格的事的。他是爱自己的，他的心是永恒的，他不会对不住自己。对老公又放宽了心，更加深了对老公的爱，觉得自己应该进一步关爱他、体贴他。

早晨临行时，张丽再三叮嘱丈夫："一定要关爱自己、关心自己的身体，生活要过得好一点，多回来走走，回家能为你补充点营养。改善一下生活，放松放松身心。如果需要帮忙的话，我可抽空去助你绵薄之力！"文正听完妻子的话，若有所思，然后说："不用，不用，你只要照顾好家庭和孩子，我就感激不尽了，我的事你就不用操心了！"说完，坐上车就扬长而去了。

三、家外有家

一到单位，刚一开车门，莫非就在车门外候着，就像老婆一样把文正接进了办公室。两人进了屋，房门还是敞

第二章 因变生恨

开的。当然,这是让别人不起疑心。就算别人看到了,也只会认为他们在一起是莫非要向董事长汇报他不在厂里时发生的一些事情,因为董事长对莫非委以了重任,她向董事长汇报工作就成了她的本分。

这次食堂增加人员,莫非的负担减轻了。她在食堂只负责管理,具体的炊事工作再也不用她亲自动手了。其实,管理食堂还只是莫非工作的一部分,她不但要管理食堂,还要管理工厂。凡是要害部门,如营销、财务、采购都得通过莫非之手,由她审核、批准。这时的莫非已经成了董事长的内当家。她的威信不断上升,大事小事只要是莫非点了头、表了态的,就成了董事长甚至董事会的决议,成了板上钉钉的承诺。因为工作的原因,管的事越多,与董事长接触的机会就越多。她管得越宽,看见的事情、掌握的情况就越多,向董事长汇报情况就越频繁,越能讨得董事长欢心,越能表现出自己的才干。

随着时间的推移,文正对莫非越看越顺眼,越来越觉得她漂亮可爱,他觉得古有西施,眼前就有莫非。一个四十多岁的男人面前出现一个二十多岁的姑娘,一个美丽动人的女人,他怎能不想入非非?两个人的关系越来越密切,走得越来越近,已经到了形影不离的境地。莫非一时不见董事长就会心不在焉,走路都会崴脚,虽然以她的权限在车间、工地到处找人无可厚非,但是她心里急得发慌却又

不能表露出来，因而总是小心翼翼。无论怎样，大家的眼睛都是雪亮的，有的员工明明知道董事长在什么地方，也不会轻易告诉她，似乎要逗着她玩，使她空虚的内心久久不能平静。在手机非常普及的年代，本来，找个人一个电话就能搞定，但莫非不这样做。她要亲眼看到董事长在什么地方，与什么人在一起做什么。由此看来，他俩的关系已非比寻常。当然，作为女性，心中有了男人，是不能容忍他与其他女性有瓜葛的。职工中有几个女性，也有年轻漂亮的，甚至有的可与莫非媲美，她怎能放心自己仰慕已久的男人与别的女人有染呢？因此，她要寸步不离地紧跟，决不能让自己眼看就要到手的"胜利果实"被别人抢先摘去。文正显然没有以前自由了，就连晚上时间莫非也管他管得严严的。以前莫非只要陪他吃过晚餐，打扫完卫生就会回家，现在却留宿在单位。文正对莫非委以重任，体谅莫非辛苦，为她单独安排了房间。莫非也就有了充足的理由在单位住宿，父母也放心。可是，现如今做父母的哪能知道，自己的女儿竟爱上了一个有妻室之人，一个养有两个孩子的男人，这个男人比自己的女儿还大了十几岁。如果父母知道了，能容得下自己女儿的这份不当爱情吗？不管怎样，莫非还是一如既往向前冲。

　　厂里有的职工也暗暗议论："董事长就这么糊涂吗？""是啊，好好的一个家，家有贤妻良母，一双儿女

第二章 因变生恨

都这么大了！""家里要什么有什么，多么幸福的一家啊！""难道董事长真的忍心放弃这个家吗？"话虽这么说，议论归议论，没有一个敢公开向董事长问询质疑的。还有的人私下议论莫非："一个长得如花似玉的黄花闺女，就喜欢一个糟老头，可惜啦！""为了金钱、为了房子、为了车子不值得！"是啊，财富都是人创造的嘛，人有头脑，身体康健，何苦要瞧上别人的财富呢？莫非的做法违背了父母的初衷，其实，她正在成为第三者！她这样做是在破坏一个家庭，拆散人家的婚姻，她在霸占别人的幸福，是最大的孽障！违背父母的意愿，也是个不孝顺的女儿，她何苦要这样？

文正自上次离开家已有十来天了，一直没回家，也从未与妻子打个照面，张丽一直认为他是工作忙，抽不开身，还经常打电话向丈夫嘘寒问暖的，还一直叮嘱他："要注意休息，别太累了！"可她哪曾想到，丈夫需要的是另一个女人的关心。他在单位同样有人陪伴，甚至感到更加温馨、更加甜蜜。工作上有人挑重担，生活上有人照顾、有人关爱，他的老家被新家取而代之，他的妻子、他的子女似乎都已经被他淡忘了。人没有回去，钱没有回去，连问候也没有。一直蒙在鼓里的张丽似乎也感觉到了什么，联想上次丈夫回家的表现，感觉到有些不对劲，也产生了些许疑虑。她以为丈夫在嫌弃自己，不时地照照镜子，对着镜子感叹：

"老了，老了啊，不中用了！"确实一个女人到了四十多岁，是老得比较快。头上增添了许多银丝，愁眉不展的脸上又多了几道皱纹。她天天盼着丈夫回家陪伴自己、陪伴孩子，到头来连音讯都没了。近来，丈夫也不主动向家里打电话了。张丽想："丈夫那么忙，没有时间，我何不去单位看看，或许能帮上什么忙。"这一天，张丽特意去美发店理了发，准备去丈夫单位看个究竟。

四、妻子幡然醒悟

第二天一大早张丽就起了床，吃过早饭，梳妆打扮一番，换上新衣服，化了点儿淡妆。照照镜子，看起来又年轻了几岁，镜子里的女人对着张丽笑了起来。张丽乘上公交车，径直朝丈夫单位而去。在车上，她忐忑不安地想："这一去，丈夫的态度会怎样？他在做什么？与什么人在一起？单位有些什么人？他的工作真的就那么忙，抽不开身吗？"想了很多很多，不知不觉就到了终点站。她下了车，朝丈夫单位走去。刚走近建筑工地，就被人认出了，对方连叫："夫人好，夫人好！"张丽望着熟悉的员工微笑着，眼睛

第二章 因变生恨

四处张望，想在人群中找到自己的丈夫。她没发现丈夫，却发现了工地上的一些陌生面孔，有男的，也有女的。她又向建筑材料的生产车间走去，车间里的人都在各自忙自己的事。张丽没有打扰他们，只是相互笑笑，车间里也没有丈夫的身影。她感到很疑惑："平日里要是来到这里，早就有人主动走近她，特别是女员工，很有亲切感，还会带她寻找董事长，今天为什么有些不一样呢？"她捉摸不定，接下来想："难道是工地、车间的制度更加严格了？难道是工作任务特别紧？难道是丈夫得罪了他们？为什么连平日里最亲近我的莫非也不见人影？"她带着众多疑问走进董事长办公室，丈夫还是不在。她就在办公室坐下来，心想："办公室的门是敞开的，他肯定没有外出，过不了多久就会回来的。"大约过去了二十分钟，办公室隔壁的一间房门响了，丈夫随即向办公室走来。他看到妻子坐在办公室，好是惊愕，张丽一眼看出丈夫的脸泛红了。文正忙问："你……你怎么来了？"他慌里慌张去倒水，一不小心，杯子掉到地上，摔了个粉碎。他来不及打扫，拿了另一只杯子给张丽倒了杯水。张丽接过水放在桌子上没有喝，看到丈夫慌张的样子，心里在打鼓。稍后，看到莫非从门外经过，她没往门里望，张丽也没有叫她。但张丽心知肚明，刚来时在工地、车间为什么都没见到丈夫和莫非的踪影，这时却几乎同时出现。她明白了，全明白了。原来丈夫和

莫非走得很近,"我很忙,没有时间,抽不出身来"都是因为这个原因。他家也不想回,孩子也不想了,钱也有一段时间没有给自己了……张丽后悔了,后悔自己过于自信,后悔自己过分相信丈夫……她的心都快碎了,激烈地煎熬着:"扪心自问,我有对不起丈夫的地方吗?没有,绝对做到了仁至义尽!要说有错,就错在自己过于温柔,过于善良,过于勤勉,专注于对孩子的抚养……"她的心里犹如打碎了五味瓶,酸涩苦辣咸五味杂陈,浸渍着她的身躯、她的内心深处。文正打扫完摔碎的杯子,走近妻子花言巧语地解释,安慰张丽,可这时的张丽只是呆坐在办公室,一动不动,一声不吭,眼泪使劲儿往肚子里咽。文正讲得再好听,讲得再多,她都无心聆听,无意琢磨。他讲他的,她坐她的,她只是在心里盘算着未来,想着接下来的路。张丽起身要回家,文正说:"吃了饭再回去,我开车送你,我们一起回家吧!"张丽还是不作声,往回家的路走去。文正马上去开车,可是张丽却偏偏走上小路。就这样,张丽独自步行回家。她进了家门,反锁房门,走进卧室大哭起来。她哭得那么伤心,久久停不下来,泪水湿透了脚下一大块地毯。她知道她和文正的夫妻关系已经到了无法挽回的地步。张丽安慰自己:"别伤心、别难过,振作起来,勇敢面对现实,不被面前的一切所困惑。无论结果怎样,都要挺直腰杆做人,抬起头来走路……"她停止了哭泣,站起身来，擦干眼泪，打扫房间，开始做中午饭。她想："从今以后，一定要吃得更好，生活得更好。要改变过去那种节俭、从不奢华的生活习惯，要活出个人样来，改变长此以往的黄脸婆形象，让风光、潇洒陪伴自己……"

五、儿子的疑惑

张丽离开后，文正与莫非又到了一起，莫非假惺惺地问："为什么不送老婆回家？""送什么送，她这个黄脸婆，自己难道不会回去吗。"文正回答。"今晚要回去陪陪她吗？"莫非试探着问。"我才不回去，要陪你陪去！"文正斩钉截铁地说。莫非微笑着，一把搂住文正，在他脸上吻了又吻，两人越抱越紧，接下来房门被关上了，轻轻地，一点儿声响都没有。这时候，正是当班的时间，谁也不可能来找他们，谁也不可能来敲他们的门。他们很坦然，很放心，没有任何顾忌。午饭的时候，他们一起走进食堂，和工人们一同就餐，一般中午是没有开小灶的。利用开餐的时间，文正向各班组的领头人了解生产情况，有没有出现什么异常，工人有没有什么反映和意见。其实意见也是有的，但是都是些不便讲的。

所有的议论都集中在董事长和莫非两人身上,议论的焦点大都是"陈世美不认前妻"。不过,谁都不敢公开说,不敢公开说就等于没说。因此,他俩认为单位秩序井然,生产正常,"天下"太平。这样一来,他俩越来越无拘无束,他们的行为越来越不检点,越来越公开,再也不遮遮掩掩,甚至堂而皇之过起了夫妻般的生活。之后开起了小灶,再不进工人食堂就餐了,他们以为张丽再也不会来单位干扰他们的私生活了。

星期五下午,广丁和芝乙先后回到家中。广丁感到了异常,平日里回家,在家门外很远就能看到妈妈的身影,她每次都要走出很远来接自己的孩子。每次她都要盯着自己的儿子看个不停,看儿子变化有多大,长高了没有,长胖了还是瘦了,脸蛋是光鲜了还是灰暗了,总是要感叹一番、夸赞一番。可是,今天却有些不同,广丁走近了家门还不见妈妈打开房门。他有些诧异,"是妈妈不在家吗?还是妈妈困了在休息?还是……"屋里的张丽听到了脚步声,迅速起身,抹了抹眼睛,振作起精神,生怕儿子看出来什么。这时,"咣当"一声,房门被儿子推开,儿子一眼就看到母亲红肿的眼睛,看出她苦闷的脸上还有泪痕,虽然张丽对自己说"要想得开,不痛苦,不流泪,要快乐,要活出人样来",可是,怎么可能呢?十几年的夫妻关系,不知不觉就被拆散了,辛辛苦苦建立起来的家庭眼看就要崩溃,潜心拼搏创造的一切将会付之东流,什么房子、车子、财富……一切的一切都会成为泡

第二章 因变生恨

影,如同肥皂泡一个个都会破裂。她能不伤心吗?她能不难过吗?她能不为之懊丧吗?谁又不认为这是一道坎呢?要迈过这道坎,要有毅力、要有勇气!眼看着天真活泼的一双儿女就要分离,她很心痛,很内疚。在儿女面前她面露愧色,觉得对不住他们。她的痛苦挂在脸上,怎么也装不出愉悦、开心的样子。儿子看着很纳闷:"为什么母亲突然间有那么大的变化呢?平常见到的是乐观、开朗的妈妈,是什么原因改变了妈妈的性格?难道是我惹怒了妈妈,使她生气了吗?"广丁不动声色地想着,问母亲:"妈妈你哪里不舒服?"张丽没作声。儿子又问:"有谁惹你伤心了?"张丽摇摇头。她忙岔开话题,问广丁:"儿子,你饿了吗?妈妈给你做点吃的。"儿子的头摇得像拨浪鼓似的,忙说:"妈妈,我不饿!"他立即扶着妈妈坐下,为妈妈捶捶后背,按按肩膀,想缓解妈妈的情绪。"我的儿子多懂事啊!"妈妈夸赞儿子。广丁给妈妈按摩,心里不停地想着:"肯定是爸爸妈妈吵了架,爸爸打了妈妈,或是欺负了妈妈。我要弄个明白,如果真是这样,要为妈妈讨个公道!"

晚上,广丁与妹妹窃窃私语:"妹妹,你想去爸爸那儿玩吗?要是想去,哥哥带你去,好吗?"芝乙高兴得跳起来,广丁马上按住她,伏身向她耳边悄悄说:"不要高声说,别让妈妈知道,否则她不会让我们去的。"妹妹不说话了,只是点点头。她早就想去爸爸那儿玩了,只苦于没有机会。哥

哥领她去,她怎能不高兴呢!广丁有一个问题一直在思考:"不告诉妈妈,她会担心的。告诉她,她会同意我们去吗?"想了又想,认为还是得告诉母亲。他对妹妹说:"如果不告诉妈妈,妈妈会担心我们的。妈妈如果不同意我们去,我们一起做妈妈的工作。妈妈本来就不开心,如果我们兄妹两个不辞而别,她会以为我们失踪了,她会急得死去活来,后果不堪设想。"为了不让妈妈担心,他们决定当晚就跟妈妈和盘托出。广丁对母亲说:"妈妈,我和妹妹明天想去爸爸那儿玩,您带我们去吧!"他说话很委婉,很怕惹妈妈生气。张丽听了没有马上回答,只是连声叹气。她强忍痛苦,控制眼泪不往外流,把眼泪都咽进肚里去。她沉思着:"孩子那么久没见到父亲了,想去是可以理解的。不过,去了会是什么结果呢?他虽然负心了,可是,不会不认自己的孩子吧!"张丽心情很复杂,她想:"该来的终究会来的,让孩子去见见也好,总有一天要面对的。早一天去见文正,或许他们也能感受到些什么,他们也会明白一些事理和缘由的。"但是,她又担心孩子们幼小的心灵会受到伤害。反过来想,小孩子肯定看不出什么问题,捕捉不到什么异样的,因为他们年纪小、单纯,而大人又会伪装,不露声色的。于是,张丽点了点头,表示同意。见状,兄妹两个异口同声说:"太好了!我们可以去爸爸那儿玩了。"两个人拥抱着,跳起老高,可见他们想见父亲的心情是多么迫切。

第二章 因变生恨

第二天早餐后,兄妹两个准备启程去父亲单位。临行前,母亲吩咐:"广丁,带好妹妹,路上注意安全,不要到别的地方去,玩一会儿就回家来,最好回家吃中饭。"兄妹俩与母亲告别后,就朝公交站走去。很快就到了建筑工地,工地上的工人师傅一见到兄妹两个,认识的都叫他们过去玩,纷纷招手欢迎。不认识的用惊奇的眼光看着他们,微笑着,以示友好,表示欢迎。后来招收的工人,他们一个也不认识,因为扩招后这还是他们第一次来爸爸单位。广丁也挥手示意,打招呼,也冲工人师傅笑。但他对这些不感兴趣,他的眼睛不停地转动,在默默寻找一个人——久未谋面的爸爸。走着,走着,情不自禁地加快了脚步离开了建筑工地。走进建筑材料生产车间,见到很多熟悉的工人师傅,纷纷叫着:"广丁,芝乙……"这些喊叫声,惊动了在莫非房间里商量事务的文正。他迅速走出来,关上房门,朝车间方向走去,正好碰上广丁、芝乙朝办公室走来。小孩子见到父亲特别亲热,父亲也把儿女搂住,问:"你们怎么来了?""想你了嘛!"芝乙娇里娇气地回答。"是嘛,你这么长时间不回去,妈妈都想死你了!"广丁附和着。父亲和儿女边聊边走进办公室,喝了水,坐下来。这时候莫非也进了办公室,一见面,孩子们异口同声叫起来:"阿姨。"莫非把芝乙抱起来亲了又亲,真像妈妈见到了久别的女儿,并问:"你们的妈妈近来可好?""不好!"广丁抢先回答,"她身体很不好,天

天发愁,眼圈红红的!""去医院检查了没有?"文正问。"没有,没有人叫她去,陪她去!""要不要阿姨陪你妈妈去医院检查?"莫非问。"不要!要爸爸陪她去!"广丁斩钉截铁地回答。文正没有回答,却问兄妹两个:"你们饿了吧,中饭请莫非阿姨做给你们吃好吗?她的厨艺很好,做出来的饭菜可好吃呢!"兄妹二人不置可否。广丁默默想着:"莫非阿姨是炊事员,可为什么没在厨房做事?妈妈常说爸爸没时间回家,真的是那么忙吗?"他们也到车间、工地走走看看。工人师傅都忙着做事,看来,他们的自觉性都很高,对工作很有热情。兄妹两个也知道不便去打扰他们,他们也不能像往常一样逗兄妹两个玩耍。看样子,企业蛮正规的,肯定效益蛮好的,他们打心眼里佩服爸爸。俗话说"成功的男人背后一定有个睿智贤惠的女人",当然,作为儿女,年纪都不大,肯定想不到这些。实事求是说,莫非对于文正事业的成功是有贡献的,是付出了一定才智的。她在企业的付出肯定大过张丽,张丽的贡献主要在于家庭的操持和儿女的抚养。她们各有千秋,都不是吃闲饭的,不能说谁重要谁次要。不过,一个是自己的老婆,一个是企业的职工,在生活上、工作上还得有所区分,有所节制。今天企业出现的秩序井然、欣欣向荣的场景,莫非有着莫大的功绩。如果没有她的帮助,文正的企业可能要逊色得多,滞后得多。莫非除了有心计,她的人际关系也很好,所以她不但能管好企业,也

第二章 因变生恨

能管住人，是文正的得力助手。虽然这样，一个女人管好了自己的家，抚养好了孩子，难道就没有价值，没有功劳吗？相比之下，应该更有分量，这份付出是不可以用金钱衡量的。十年树木，百年树人。家庭教育是父母重要责任，可现在文正喜新厌旧，只顾眼前，见不到长远，只贪图情欲，不顾人伦道德，终究会栽跟头的。

没过多久，文正就叫广丁兄妹吃饭了。他们一走进办公室，见到桌子上摆得满满的一桌子菜肴，全都是兄妹两个平时最爱吃的。文正和莫非都了解广丁和芝乙的口味，总是不会错的。文正叫芝乙请莫非来一起吃饭。莫非一边推辞，一边却跟在芝乙身后来到办公室，文正讲了几句客套话，莫非就坐下来一起吃饭了。餐桌上两个大人心照不宣。芝乙大口大口地吃着菜肴，无拘无束、无忧无虑，直到吃得饱饱的才放下碗筷。广丁毕竟大两岁，他的思绪有些不同，能根据母亲近来的一些反应和表现，联想到什么，或许是触景生情吧，以往餐桌上的四个人，如今却换了一个角色，广丁心里萌生了些许不满。不管怎样，看来他对这餐饭不是那么感兴趣，没有胃口，他装作细嚼慢咽，饭菜在嘴里久久难以下咽。这餐饭他没有吃很多，在别人放碗的时候他也放下了。一碗饭还没吃完，他就不吃了。放下碗，他和妹妹耳语了几句就朝车间走去。这时工人师傅也都吃完了中午饭，饭后有一段休息时间。他们一见到广丁兄妹都纷纷招手，示意他们过去玩。

也有的人交头接耳说些什么，兄妹二人却听不太清楚。兄妹二人一旦走近了，大家就都不说了，但表情有些异样，没以前那么放得开。以前，他们放肆地逗弄兄妹俩，一点儿顾虑也没有，这时却大有不同。也有人一不小心提起："你妈妈……"话到嘴边又咽了回去。广丁很诧异，问："我妈妈怎么了？"那人连连说："没什么，没什么！"接下来再也不开口了，慌里慌张的。广丁觉得走到哪里都会出现反常情况，工人们不如以前那样热情了，没有了以前那种家人一样的亲热感觉。有很多人都不敢接近他们兄妹，有的人欲言又止，无论广丁怎样追问，都问不出结果来。广丁心里很不是滋味，憋得慌，很想有个头绪，弄个水落石出，这有可能吗？工人师傅不愿靠近广丁，广丁却主动靠近工人师傅。他找那些原来与自己较熟悉、非常亲热，经常逗自己玩的哥哥姐姐们。可是，一走近他们，一个个都说有事而离开，还有的去了厕所。总之，没一个人愿意与广丁兄妹在一起聊天。很快到了下午的上工时间，工人师傅都开始了自己的工作，广丁兄妹只能东看看，西瞧瞧。不一会儿，遇上了父亲和莫非阿姨。他们一前一后，也在看看、瞧瞧、指指点点，莫非手拿一个本子和一支钢笔，还不时地写着什么。父亲主动告诉儿女："我和你们莫非阿姨在检查工地和车间的生产情况……"广丁不置可否，既没正视他们，也没问他们什么，一见到他们总觉得有些异样，脸上没一丁点儿笑容。他们走了，广丁

第二章 因变生恨

思绪万千:"一个炊事员不做厨房工作,还检查起生产情况来了?为什么爸爸身后跟着的不是妈妈,而是别的女人?为什么爸爸老是说'没时间回家',看来工作也不是特别忙,自己有车子,回家一趟也不过个把小时!"很多很多问题,使广丁迷惑不解。他想找爸爸问个究竟,把妈妈每天愁眉苦脸、闷闷不乐的情况都告诉他,并叫他回家安慰妈妈。下午回家前,广丁对文正说:"妈妈身体不好,生病了,这么长时间你都不回去看看,你回去陪妈妈去医院看看医生吧!"文正何尝不明白老婆的"病因"呢?儿子一提,他心情有些凝重,久久地讲不出话来。面对站在身前的一双儿女,他清楚地知道,是谁把他们抚养成这么大。在他们成长的过程中,自己付出了多少,担当过多少,都历历在目。这时的文正难免也会责备自己,谴责自己的行为。是反悔?是怜悯?还是良知复苏?只有他自己知道。他答应儿女:"爸爸有时间就回家看你们的妈妈,你们要听妈妈的话,逗妈妈开心啊!"广丁听了爸爸的话很开心,没有问爸爸那么久没有回家的原因,也没问莫非阿姨的事,兄妹两个就回家了。

张丽早早就站在门外,望向儿女回家的方向。广丁兄妹远远地看见母亲站在门外,异口同声叫着:"妈妈,我们回来了!"张丽立即走过去,拉住兄妹俩的手,一同走进家门。还没坐好,芝乙就高兴地说:"妈妈,告诉你一个好消息,爸爸说他有时间就回来看您!"

六、张丽痴心未泯

张丽听了女儿的话,一阵酸楚涌上心头,强装笑脸点点头。丈夫回家是她朝思暮想的事情,她当然希望保持家的完整,希望夫妻二人可以重归于好。她心想:"月缺了又能圆,镜破了也有重圆的时候,我们能成吗?况且我们的婚姻现在还没有完全破裂。我一定要努力,有可能拉一把,他又会回归这个家,重归于好的。不要破罐子破摔,要有信心。重拾信心,振作起来,也许他能看在儿女的情分上回心转意的。"从此,张丽又打起了精神,重新寄托了对丈夫的希望,内心又燃起了爱情的火焰。第二天清早她就梳妆打扮,准备去理个发,打扮一下自己,也去集市买一些丈夫最爱吃的菜回来,以备不时之需。这天是星期天,张丽想:"丈夫今天回家的可能性较大,因此,得抓紧办完事回家,等待丈夫回来。"头发理了,对着镜子照了又照,感到很满意。买齐菜后她迅速往家里赶,一路上心想:"丈夫会不会到家了,是不是在逗孩子们玩耍?"她加快了步伐,满怀希望地朝家里飞奔。一到家门前就大叫:"孩子们,妈妈回来了,你们的爸爸回来了没有?"广丁很惊愕:"爸爸没说今天会回来,他是讲'有时间'再回来嘛!"听了儿子的话,张丽还是焦急地等着丈夫回家。一上午过去了,没见回来,下午一直盼到太阳西沉也不见文正的影子。她想:"晚上回来也不迟,反正路不远,又有车子。"张丽还是有信心,心里一直盼着,一刻不停地思念。睡在床上眼睛怎么也合不上,一直到天明。时间一天天过去,张丽一天天盼着。一个星期过去了,还是没盼到丈夫回家。广丁后悔了,当时听了爸爸的承诺就信以为真,心中的很多迷惑就埋在了心底,没弄个明白。他想星期六再去爸爸那里一次,这次,他一定要为妈妈讨个公道。他满脑子浮现的都是上次去爸爸单位所见到的异样迹象,一桩桩,一幕幕,再联想到父亲不愿回家的现象,他觉得其中一定有隐情,想弄个水落石出。他向母亲提出申请,被母亲阻止了。其实,张丽的心里比任何人都着急。

七、一个假期的求索

一个月过去了,两个月过去了……到了放暑假的时候,仍然不见父亲回家,广丁耐不住了,非得去父亲单位。这次广丁想要去做工,时间不只一天两天,因为这段时间父亲不

单单是人未回家,给家里的钱也越来越少了,甚至少于日常的生活开支。广丁想利用暑假去赚点儿钱,解决自己的学费与家里的日常开支,减轻一点儿家里的负担,减少母亲的心理压力。他一到那里,就冲着文正说:"这么长时间你都没有回去,现在我来帮你了,你就回去看看妈妈,领她去看看医生吧,不然,她会垮下去的!"文正说:"她也长了脚,自己不会去吗?"这次,文正的态度截然不同了,完全忘记了自己当初说要回家的承诺。广丁想:"父亲变了!站在面前的完全不是以前的父亲了,他是在推卸责任,在敷衍,在蒙骗我……"广丁急了,他哭了,放声大哭:"你还是我们的父亲吗?"莫非听到哭声赶了过来,拍着广丁的肩膀说:"别哭,别哭,有什么事好好讲嘛!"广丁没有好气地说:"不要你管,你给我滚开!"工人师傅们听着、看着,一个也没有过来劝解。他们心知肚明,却无能为力。对广丁是同情的,却又不敢靠近,担心出现尴尬,从而引火烧身。广丁越哭越伤心,哭了很久很久。哭声停下后,他哽咽着对文正说:"我是来做事的,来赚钱的,因为家里已经没钱花了,你就安排我做事吧!"文正听了犹疑了,这时心中或许泛起了酸楚,久久讲不出话来。还是莫非抢了先机,胸有成竹地说:"公司需要一个进材料的人,这项工作就交给他去做吧!"文正会心地点点头,表示同意。进材料的事原来就是莫非兼管的,把它交给广丁她既放心,又能掌控。这事就这么定了,

第二章 因变生恨

文正叫广丁第二天去上班。广丁想让父亲开车送自己回家,又是莫非抢先说:"阿姨送你回去吧,顺便看看你妈妈。"广丁立即回答:"不用,我坐公交车!"说完,拔腿就跑。公交车上,广丁静静地思索:"爸爸不回家的原因,肯定不是因为'没有时间','没有时间'只是托词。"他隐隐感觉到父亲的权力在旁落,莫非的权力已超出父亲,讲话都能算数,在工人中也有很高的威信。他恨透了莫非,从此,在他稚嫩的心里埋下了憎恨的种子。他回到家中,没把莫非的事情告诉妈妈,只是一味地安慰妈妈:"父亲确实很忙,单位的事情很多,待他有了时间,一定会回来看望您的。"张丽听了很开心,从内心深处感受到了儿子的懂事。她心里何尝不明白,儿子是在安慰自己,宽自己的心,他是多么懂妈妈,怕伤妈妈的心。

第二天清早吃过早餐,广丁搭公交车去爸爸单位上班了。一路上,他既高兴又忧心忡忡,情绪很复杂。默默地坐着,不知不觉就到了终点站。到了那里,看到的又是文正与莫非在办公室"商量"着什么。看到广丁,两人不约而同起身迎接,并叫广丁休息一会儿。然后,莫非为他倒了一杯水,问他吃过饭没有。这些广丁似乎都不领情,水也没有喝。一会儿,文正、莫非双双外出,广丁默默地坐在办公室,四处张望,似乎在寻找蛛丝马迹。过了一会儿,莫非回来了,说:"广丁,咱们进材料去!"广丁听了很是惊愕:"原来是她

领我去!"他没作声,挺不情愿地站起来,跟着她。每到一个材料销售点,她都把广丁介绍给老板,然后与老板耳语几句就走了。一天走了几个地方,却一分钱的材料都没进。回家的路上,广丁想:"原来是带我去看看,把我介绍给材料店老板,让我熟悉进材料的地方。"第二天,广丁走到办公室,莫非就送来了一个表格,上面罗列着近半个月每天需进的各种材料。她把表格交给广丁并嘱咐他:"每天按表上要求进材料,不要有错,把好质量关。价格都定好了,因为都是长期合作的,不需要讨价还价。"然后莫非领着广丁,找到运货的车子和司机,把任务交给他们两个。并告诉他们两个:"每天的材料采购就由你俩负责,因为我没有时间,你们就独立完成吧!千万注意,不要耽误生产!"广丁被安排出去进材料,每天在厂区、工地的时间不是很多,对文正和莫非的行踪捕捉得不是很多。但他从材料的采购就领略到了一斑:父亲被莫非掌控着,人事权、金融权、采购权都被莫非死死控制着,父亲成了空架子,徒有虚名。不是吗?购买材料都是她在交易、结算,人员安排都是她的主张,经费开支都是她说了算,她已经成为名副其实的董事长。广丁越想越气愤,越想越觉得无奈。可是,为什么会这样呢?他不得其解,他毕竟还年幼不懂事。日子就这样一天天过去,每天重复着一样的工作,他感觉到有些枯燥。他来的初心是两个:一是了解父亲在公司的情况,搞懂他"没有时间回家"的原因；二是赚点儿钱补贴一下家用，赚取下学期的学费。假期很快就过去了，又要上学了，这时广丁已经上初二了。

其实，文正与莫非早就过上了虽然没有名分但已成事实的夫妻生活，吃住都一起。公司上上下下无人不知，他们只是在掩耳盗铃而已。广丁在公司工作了近两个月，却也只有白天在公司，只能根据一些现象猜疑，没有确实的证据，因为是父亲，也不便问他。但广丁的内心却很不平静，心态严重失衡。

八、莫非原形毕露

这时候的莫非咄咄逼人，文正的行为受到了严重的限制。她控制了公司的大权，掌握了经济命脉，不许文正回家与张丽亲近、接触，使他们感情疏远。莫非还以怀孕为理由，威逼文正与张丽办理离婚手续。文正一点儿办法也没有，他的无能在莫非面前表现得淋漓尽致。一个与张丽苦心经营起来的公司即将落入他人之手，一个完美幸福的家庭即将就此破碎，一双活泼可爱的儿女将会何去何从？文正的良知彻底泯灭！他全身心都陶醉在喜新厌旧中，他一点儿都不后悔，一

点儿也不惋惜,他心甘情愿。文正对家庭本来就很少关心,对子女没有尽一点儿应尽的责任。榜样责任、抚养责任、教育责任,或许他本来就不懂这些,是一个地道的大老粗。他事业的成功主要是仰仗老婆给他省去了后顾之忧,他乘了改革开放的东风,占了城市扩建拆迁的先机,天时地利人和被他占全了。但是这一切的一切,他没有一点儿留恋和珍惜,在莫非面前唯唯诺诺,唯命是从。

这天,莫非向文正下达了最后的通牒:"限你一个月之内办理好离婚手续,两个月之内我们就要结婚,我要当你名正言顺的老婆!""时间这么紧,太仓促了点吧!"文正说。但他不敢提出要求。其实,这件事对他们而言一点儿都不突然,他俩的事实婚姻少说也一年多了,这段时间在莫非心里已经足够漫长。为了那一天的到来,她已经等得不耐烦了。如果不抓紧办理,眼看到手的幸福又会失去。必须得抓紧,牢牢把握,机会绝不容错过。文正的思想斗争也很激烈,真正到做出决策的时候,文正也难免有些瞻前顾后,犹豫徘徊。但他被莫非逼得无可奈何,心力交瘁。近两个月来,文正想回次家都不能,被莫非限制得死死的,一点儿自由都不给。到了这个时候,他一点儿办法也没有,只能向前,绝对不能后退。一个人为了一时之痛快,忘乎所以,一失足就会成千古恨。但文正是不会想到这一层的,因为他已麻木。他现在一心想的是,如何向张丽捅破那层

第二章 因变生恨

窗户纸，在一个月之内把离婚手续办好。通过咨询，他决定向法院起诉。

张丽接到法院传票时，束手无策。这一消息如同惊雷，在全村炸开了锅。消息不胫而走，全村人沸腾起来了。有为张丽抱不平的，有同情的，有惋惜的，更多的是指责和唾骂文正的，说他不知福、不识好歹、不认前妻，被狐狸精迷住了，他终究会吃亏的……这时的张丽全然没有了一滴眼泪，她想明白了，这一天早晚会来的，她镇定面对，请人写了答辩状，交到了法院。答辩状上"同意离婚"四个字特别显眼，表现了她的大度、直率。当然这也是经过了思想斗争和深思熟虑的。

九、无力挽回破碎的家

很快，广丁就知道了父母要离婚的消息，他立即跑回家，抱住母亲大哭。他骂自己的父亲，并说："我没有这样的父亲，他不配做我们的父亲，我要与他断绝父子关系……"他也埋怨母亲，怨母亲不该签字，不该同意离婚。他要去找父亲，找他算账，为母亲讨回公道。他很急，哭着跳着要去，

张丽拦也拦不住他，扯也扯不回他。到了公司，他见到文正再也不叫爸爸了。他指着文正的鼻子，暴跳如雷："你个忘恩负义的人，一直欺骗我们和妈妈，你是个大骗子！你知道吗？妈妈为你付出了多少？为了你，她忍气吞声！她把所有钱都给你开公司，毫无私心！谁知道你竟然是个白眼狼！妈妈为了我们的家累死累活，无怨无悔；她尽心尽责教育、培养我们！而你呢，贪图安逸享乐还不算，竟然在外面拈花惹草！"广丁哭着，高声喊着。听到声音，文正的保安来了，很多工人也来了。他们看到是广丁，都没有走近，只是看着，皱着眉头。人群中却没有莫非的踪影，原来她听到广丁来公司与父亲算账，藏起来了。选择了"走为上策"。广丁四处寻找莫非，公司的每一个角落都找遍了，也没有见到人。在场所有人都回答说："没看见，不知道！"工人们劝他、安慰他都不管用。大伙儿越劝他，他火气越大，他越哭越伤心。他径直冲进文正的办公室，办公室找不见莫非，他又去了文正的住处，却见到了莫非的衣服。他气不打一处来，将她的衣物都丢到了门外的地上，在上面一顿乱踩。他跳起老高，用力踩下去，以发泄内心的伤痛。这个时候，刚才还在的文正，一下子也不见了，广丁又在公司的每一个角落寻找，他气势汹汹，充满杀人的气焰，他已经发狂了，一副完全失去理智的架势，他的双眼通红，吓坏了所有人。

这时几个原来与广丁玩得好的工人，他们仗着老朋友的

第二章 因变生恨

情分才拉住了他。他们劝着、哄着、安慰着，终于缓和了广丁的情绪，他慢慢停住了哭泣，转身走上回家的路，头也不回。

回到家里，广丁号啕大哭，哭声中充满着无奈、懊丧与愧疚，他深深地感觉到对不住自己的母亲，又同情母亲的善良与软弱，他还为母亲轻易签字同意离婚而愤慨。于是他想到了一个主意，和文正说，只要莫非从此以后不再怀孕生子，自己就同意他们离婚。

莫非并不知道广丁提出的让她不能生子的条件。文正听到广丁的条件心里无比郁闷，心有郁结，无法释放。他想："莫非能同意这个条件吗？这对她的打击太沉重，是致命的！"他闷闷不乐地回到公司，莫非见到他满面愁容，顿觉失落。问："怎么了，败诉了？"文正没有回答，只是沉默。"到底发生了什么事？结果怎样？你讲啊！"文正还是不出声，只是叹气。接下来，他走出办公室，去车间、工地转悠、散心。文正找了与广丁要好的工人朋友，也找了律师去做广丁的工作，但广丁坚决不改初衷，否则就不同意他们离婚。文正被逼无奈，在莫非的追问下，他道出了实情。想不到莫非一一应允。不久，法院进行了判决，判定两个孩子双方各抚养一个，男孩监护权归文正，女孩监护权归张丽；男方为女方购置一栋二层楼房；一次性给女方补偿费一百万元……离婚案算是了结了，文正与莫非也很快就办理了结婚手续，并住进了新购的豪华高楼里。

十、广丁开始了游荡生活

他们是舒服了,广丁却彻底失落了,他对这样的结局无所适从。上学时他三心二意,三天打鱼两天晒网,经常与一些不三不四的人在校外逗留,成了网吧里的常客,教室里他的位置经常空着。老师找不到他,联系他爸爸,文正也无能为力。想想看,这样的父亲能管住儿子吗?只要儿子不骂他,就是他的幸运了。老师联系他的母亲,母亲说:"广丁的监护人不是我,不归我管,就是管也管不了,他不会听的。"老师管不了,监护人不敢管,母亲也没办法管。一来儿子不听,二来母亲也怕得罪了儿子。从此广丁独来独往,高高在上,谁也看不惯,谁也看不顺眼。慢慢地,他干脆学校也不去了,专门在外游荡,结交的人可不少,他不愿意回家,在网吧过夜,在车站、码头混过,有时也露宿公园、街头……文正管不了儿子,就想了个办法,为广丁开了张银行卡,把卡交给他本人,每个月往卡上打钱。只要有钱用,广丁就不会来碍事,文正与莫非就可以过上安宁的生活,他以为这样父子二人就会两不相干了。可是,他却不曾想过:作为父亲,对自己的儿子能撒手不管吗?他的责任就是要照顾、引导儿

第二章 因变生恨

子，一旦儿子变坏了，能有他的好日子过吗？这样下去会贻误孩子一生，自己也会遗憾终生。等着他的只能是无尽的痛苦以及众人对他的指指点点。

广丁辍学了，整天东游西荡的，茶馆里进，酒馆里出。学会了抽烟，学会了喝酒，都选好的，每天花天酒地，挥金如土。钱花完了就给文正打电话，文正给钱给慢了广丁准会发牢骚，文正也只能听之任之，不敢怠慢。时间久了，邻居、亲人纷纷指责文正，骂他是负心汉。养不教，父之过！确实，自从张丽生下儿子，文正就很少管过，从未参与过对儿子的教育培养。这次家庭的变故全是文正一手造成的，若不是这样，广丁就会一直拥有一个完整幸福的家庭，一个好的成长环境。在那样的家庭环境里，广丁活泼开朗、健康、纯正、懂事、孝顺，是一个人见人爱、聪明伶俐的好孩子。可如今，广丁完全变了个人，原来的美德都消失了，父亲坑了孩子，断送了他的前程。现在的广丁变得孤僻、桀骜、暴躁。深谙此中缘由的人无不痛惜、怜悯……

张丽的娘家人终于忍不住了，当着文正的面大发雷霆："你个没人性的畜生，虎毒还不食子，你差点儿把儿子害没了，你连畜生都不如，没有教养的东西，赶快把儿子找回来，让他能在家里安稳生活！""对，责任全在父亲！"旁边的人也附和着。接下来有人说："孩子的成长离不开父母的关爱，没有好的家风，没有良好的家庭环境，孩子

的成长一定会受到冲击,给孩子心灵留下创伤,打上痛苦的烙印!"群众的议论也冲击着文正的心灵,他的人性开始复苏,他开始责备自己,反省自己,检讨自己。他暗暗下定决心:"一定得把儿子找回来,回归家庭生活,尽自己做父亲的责任。"莫非也听到了许多影射自己的言辞,走到哪里都能看到三五个人在她背后指指点点、交头接耳地议论。她意识到大家是在指责、评论甚至谩骂自己,觉得在人前抬不起头来,很难与他人相处。现在她才清醒过来,虽然自己和文正成了家,获得了财富,找到了幸福,可是也伤害了许多人,给社会造成了不良影响,自己的尊严也受到了贬低,自己的心灵也受到了创伤,人前人后不是人的滋味煎熬着她。她也想寻找一种方法来弥补自己的过失,在众人面前重拾自己的尊严。因此,文正一提出接儿子回家的事,莫非表示非常支持,主动配合,还催文正早日找到广丁,把他接回家。得到了妻子的支持和配合,文正的积极性更高了,信心更足了。

　　第二天,文正就走上了寻找儿子、接儿子回家的征程。他由近而远,绕着自家的小区转圈圈,一环、二环、三环、四环,环环相扣,网吧、酒店、牌坊、车站、码头,处处留意,却一无所获。逢人便问,却无一人知晓。一天过去,文正无功而返,累得气喘吁吁,筋疲力尽,回到家里就瘫坐在沙发上,唉声叹气。莫非安慰他:"别着急嘛,总会找到

第二章 因变生恨

的，公司有我在，你不用担心，你就负责把人找回来吧！"

第二天，第三天，都没见到人影。一天一天，寻找范围越来越大，可一整天都见不到一个熟人，寻找难度一天比一天大。直到第四天的中午，文正才从一个网吧的窗户外面望到了广丁的身影，文正火速转到网吧前门进入网吧，"人呢？刚才明明是他，怎么就不见了？"文正自言自语。摸摸那个凳子，还是热的，电脑没有关，看来广丁刚才是在玩游戏。文正指着位置问网吧老板："刚才在上网的小伙子是谁？去哪儿了？"老板说："他叫心艮，刚才还在，怎么一下子就不见了，不知去了哪儿。"问旁边上网的人，大家都说不知道，不过这也情有可原，上网的人只顾上网，关注电脑显示屏，无暇顾及周围发生的一切，再说他是突然离开的，自然不会有人知道。文正懊恼地走出网吧，迈着沉重的步伐，在网吧周围较隐蔽的地方徘徊，等待儿子再次出现。他心想："刚才看到的明明就是我的儿子，怎么就成了'心艮'呢？难道是我看走了眼？或许是那个人的相貌、身高与我的儿子相像吗？"但很快又被否决了："不会的，一定是他，是我的儿子，肯定是他先发现了我迅速躲藏起来了，他痛恨我，不想见到我……"文正不愿离去，还是在网吧周围徘徊，决心看个究竟。等到了黄昏，还是没看到儿子回到网吧，只好回家去。

回家的路上文正想了很多，想到了自己的不是，想到了

儿子的委屈。他觉得这样找下去没有尽头，因为儿子不想看见自己，一旦发现自己，儿子会迅速离开，又将扑个空。这样犹如两人在玩"捉迷藏"，不会有结果的，要达到目的只有找别人帮忙寻找，或许能够把儿子找回来。找谁合适呢？当然是张丽的娘家人。在广丁的外祖父家的亲戚里，平时与广丁最亲近的要数他的小舅张贤了。文正是不便直接去找张贤的，就找来一个合适的中间人，由他代表文正，把文正寻找广丁的情况都一一转达给张贤。张贤接受了任务，毕竟是自己的亲外甥，自己也有一份担心，心头也一直牵挂着，怕他在外面吃亏，怕他上坏人的当，怕他变坏，毁了自己的人生。第二天，张贤先去了文正说的网吧。并没有发现广丁，在附近转悠了几个小时，一直没发现目标。到了吃中饭的时候，张贤跟在一个快递员后面进了一家游戏厅，接着进了包厢。包厢里几个年轻小伙子围着一台游戏机高声大叫，一个个全神贯注，他们谁都没有注意进来了什么人。广丁用手指了指旁边的桌子，示意送外卖的把饭放到桌子上，就从口袋里掏出两张钞票给他。张贤站在广丁后面很久，广丁一直没有觉察。只见他们一次次向桌子上扔钱，一次次被赢家拿去，张贤被他们的行为吓得心惊肉跳，不忍心再看下去，于是，咳了一声，惊得参与者目瞪口呆。广丁转过头去，看到舅舅站在身后，忙起身，叫了声："小舅，你怎么来了？"转身就想往门外走，张

第二章 因变生恨

贤眼疾手快,一把拉住外甥,说:"好孩子,你吃苦了,跟舅舅一起回家吧!"广丁摇摇头,说:"不,我没有家!"好心酸的回答,张贤两眼冒出了泪花,紧紧地抓住广丁的手,怕被他挣脱。张贤知道,广丁一旦逃脱,恐怕又很难找到。张贤个子高大,手劲也大,广丁被他抓住了就像是被铁钳钳住了,而他同时又是广丁的舅舅,二人平时关系很好,广丁在他面前也不敢调皮。舅甥两个人在游戏厅里坐下来聊了很久,张贤跟广丁苦口婆心地讲道理,告诉他如何面对人生、如何摆脱世俗的困扰、如何正视前途和未来。可是这些大道理,对广丁而言都难以入耳,因为他已经不是当年的少年——文广丁了,他已经成了一个流浪汉,谈这些都是没用的。不过,他的态度在慢慢缓和,语气变得低沉了许多。舅舅问他:"昨天是否见到你爸爸了?你爸爸现在也很着急,希望你能回去,原谅他的错误。"广丁慢吞吞地回答:"我看见了,就是不想见他,见了他我就呕。"张贤开导他,劝他回家,他依然说:"我不回去,我没有家!"左劝右劝都无济于事,结论就是三个字"不回去"。张贤失去了耐心,发火了,以命令的口吻说:"今天你回也得回,不回也得回,必须同我一起回去,回到舅舅家去,你有很多家可以回,就是不准再在外面游荡!"于是,张贤牵着广丁的手说:"来,我们一起走!"广丁没有再反驳,也没有耍赖,两人一起走出了游戏厅。

十一、归家之路

回到外婆家,外婆一见到久别的外孙,立即将他紧紧地搂在怀中,号啕大哭:"我怎么就这样瞎了眼,把我的女儿嫁给了白眼狼,我的女儿吃亏了,我的外孙受苦了!"很久很久才停下来,然后马上给外孙去准备吃的。

广丁吃着外婆给他做的饭菜,却味如嚼蜡,一副咽不下去的样子。外婆看在眼里痛在心里,感到外孙变了,长时间在外面,吃惯了外面的饮食,这是个危险信号。以前,他很喜欢吃外婆做的饭菜,现在不同了,外婆非常着急。拿出几样零食来,广丁都不稀罕。他自从走进家,一声未吭,只是睁着大眼睛四处张望,似乎在寻找什么。外婆家的亲人都来了,挤满了屋子,一个个问候,一声声安慰,一句句劝导,他都无动于衷,一点儿反应也没有,或许他心里在说:"你们说吧,你们说个够吧!"他的意识麻木了,他的情感麻木了,他的眼神也麻木了。他对来到现场的亲人都熟视无睹,若无其事。"他变了,真的变了!"大家窃窃私语。"怎么办呢?"张贤悄悄退到门外,轻声对其他人说:"外甥是找回来了,可是根据当前情形,他不愿意安心回家,倘若又外

第二章 因变生恨

逃咋办？总不能把人放在我妈这里，让她担责任吧！""今晚必须把人送回家去！"有人应声道。"是呀，今晚必须把广丁送回家，交与监护人，大家才会安心的！"于是，张贤联系到了文正，叫他把广丁接回家去。文正接到消息，又喜又惊，他高兴的是儿子找到了，不用担惊受怕了，可以减少别人在背后的指责了；担心的是要怎么面对自己的儿子，还要面对前岳母家的那么多亲人。文正想："他们能给我好脸色看吗？出现各种寒碜我的言语的时候我怎样应对呀！还要遭人白眼，真有几分无地自容！"在文正的意识里，他还是没有勇气面对现实，振作不起精神。这时，莫非看出了丈夫的难处，出主意了："公司不是有与广丁关系好的工人吗？能不能叫他们来帮忙，把广丁接回来？"文正连忙说："对，对，对，我怎么没想到呢！马上通知他们到家里来！"不到一个小时，来了五个小伙子，待他们落座后，莫非把任务交给他们，他们都微笑着点点头，"这是一项光荣而艰巨的任务，必须得完成！"文正紧接着说，"开我的车去，拽也得把他拽回来，快去快回吧！"

小伙子们迅速起身驾车而去，十几分钟就到了广丁的外婆家。屋子里挤满了人，大家七嘴八舌地讨论着什么，而广丁则满脸愁容，谁讲话他都不看一眼，心里好像在说："你们太烦人了，我的头都快要炸开了！"大伙见到来了几个年轻人，都自觉地让开道，让他们五个人进屋。广丁一点儿也

不在乎又来了些什么人，头也没抬一下，仍然没有表露一点儿情感。其中一个扶着广丁的肩膀弯下腰去，与广丁面对面对视着，说："朋友，不记得我了吧！"广丁拉住了他的手，表示，"记得，你是我的朋友。"小伙子接着问："吃饭了没有？"广丁点了点头，同时抬起头看到后面站着好几个朋友，他出现了些许的开心。不一会儿，他的表情又严肃起来，问："你们来干什么？"几个朋友异口同声说："来陪你玩的！"广丁又说："你们怎么知道我在这里？"几个人又是异口同声："听别人说的！"在场人见到广丁说话了，一个个都高兴得无法形容，但都不敢说话，怕说错了，又回到原来的僵局。其中一个朋友凑到广丁耳边，轻声对他说："咱们出去玩玩，好吗？"广丁不置可否，朋友心中有数了，他动心了，机会来了。过了一会儿，朋友又说："咱们走吧，到哪里去玩，你来定。"广丁起身了，五个人围着他出了外婆的家，坐上轿车，飞奔而去。外婆家的人都放心了，多亏了广丁的朋友。

在车上，大家谈笑风生，谈过去的事情，谈玩得开心的事情，都是广丁知道的，但广丁还是一言不发。车子一直开着，也没有人提出到什么地方去玩，因为约定由广丁选择，他没有说，大家也没有问他。就这样车子围着他的家转了好几个圈儿，又回到他的家门前停下来。广丁很惊愕，准备下车走，却被朋友们拦住了。他们劝广丁回家，讲了许多在外

第二章 因变生恨

游荡的苦难,并说:"人必须有个家,家是避风港,家是避难所,有了家才有幸福……"文正和莫非听到门外的停车声和讲话声,知道是广丁回来了,立刻迎了出来。"广丁,好孩子,你回来了!"文正边喊边走近轿车。车门开了,朋友们簇拥着广丁下了车,走向家门。这时候,广丁一点儿也没反抗,或许是长时间在外游荡,确实吃了不少苦头,心里早已想回家了,只是碍于面子,而且没有人牵线搭桥,没有人给他台阶下。文正想拥抱他,几次都被他挣脱。他的头一直低着,一眼都没看文正和莫非,似乎他们是两个陌生人。朋友们陪他进了屋,坐到了沙发上。其中一个朋友指着房子,感慨地对广丁说:"广丁,你看多好的房子,装修得多漂亮、多豪华,住在里面太舒服了!"文正领着大伙搀着广丁走进一间卧室说:"这是专为广丁准备的卧室,床上用品都是上乘的,装饰材料都是高档的,还为他专门准备了书房……"边讲边把大家带进了书房。广丁一点儿兴趣也没有,自始至终没有丝毫表情,他心里仿佛说:"无所谓,不稀罕!"时间已经是后半夜了,莫非准备了酒菜,折腾了这么久,大家确实饿了,大家都落座吃饭,可广丁依然坐在原地。虽然朋友把他拉到了餐桌旁坐下,但是,他头也不抬一下,坐着一动也不动。朋友叫他吃饭,他还是不动筷子。坐了一会儿,他独自起身,走进为他布置的卧室,把门反锁了。"不会有事的,没关系,就让他在卧室里好好休息吧!"文正说。有

的朋友不放心，想看个究竟，被文正劝阻了。文正说："这样反而不好，会引起他的心绪波动，不得安宁！"大家觉得也是，这时候不该去打扰他，让他安下心来好好休息。他在外那么久了，离开了家，离开了亲人，现在让他重新体会到家的感觉，感受到家的温暖。看样子他对回家没有了反抗，情绪平稳了许多。大伙都放心了，觉得他不会再出走了，小伙子们也就都回家去了。

　　第二天上午十点多了，还不见广丁打开房门，莫非把饭菜都热过几遍了，他们夫妇二人早已饥饿难耐，可还是一心等着广丁起来，全家一起吃一顿久违的早餐。上午十一点多，广丁的卧室门打开了，他慢吞吞地上卫生间洗漱。文正乘机说："广丁，饭菜都好了，快来吃吧，你肚子一定很饿了！"广丁依然不理不睬，径直走进卧室，关上门。没办法，夫妻俩只好先吃，把广丁那份留出来。莫非吩咐文正在家里看着广丁，自己去公司处理工作。莫非走后，文正轻轻地敲了敲广丁的门，说："广丁，快开门吧，这样不吃东西会饿坏身子的，出来吃点东西吧！"广丁听得厌烦了，咆哮着说："别烦人，饿坏了身体关你什么事！给我滚开！"文正默默地离开，不再敢吱声了。中午饭做好了，文正没有叫儿子，心里却很慌乱，想："儿子这么长时间没吃东西，怎么办呢？能撑得住吗？反正叫他他也不会听，还不如不叫。"文正的思想激烈地斗争着："得想个办法让儿子吃上饭才行！"他做

第二章 因变生恨

好饭菜后自己也不吃，原封不动地放在厨房，自己走出家门，但是不敢远走，怕儿子又离家出走。他就在家的附近隐蔽起来，偷偷盯着自己的家门。就这样过了两三个小时，不见自家的房门开过，他的肚子也饿得不行了，于是回到了家中。广丁的卧室门还是紧闭着，文正以为他没出来吃饭，可打开电饭煲，锅里的饭只剩三分之一，而做好的菜也所剩无几了，他欣喜若狂："我儿子吃饭了，儿子真的吃饭了，我没有看错，这是真的！"他不敢发声，只是默默地念叨："菩萨保佑，菩萨保佑！"他狼吞虎咽地把剩下的饭菜都吃光了。他长长地叹着气，开心地躺到沙发上闭目养神。他确实有些疲劳，精神疲惫，心理压力更大，这一惊喜，使他释放了不少。他把这一消息告诉了老婆莫非，莫非听了也很高兴，她告诉了广丁的朋友，大家都为之庆幸，一直悬着的心都放下了。晚饭还是文正做，做好饭菜没过一会儿莫非就回家了，莫非把菜摆到桌子上，并端上三碗饭。这时，广丁的卧室门开了，文正夫妇异口同声地说："广丁起来了，吃饭了，快过来坐！"广丁不搭不理，坐到桌子边，端起饭碗就吃起来，一连两碗饭吃完了，他把碗筷往桌子上一丢，就进了卧室，关紧了房门。尽管如此，文正夫妇还是挺开心的。第二天吃过早餐，广丁丢下碗筷就往外走，文正喊他，他都装没听见，径直往外走。文正一点儿办法也没有，只得由他去了，刚刚平复的心又七上八下，不知所措。所幸的是，还不到吃午饭时广丁

就回来了。此后每天如此,广丁吃饭前回到家里,吃完饭就出去,独来独往,我行我素,在家不叫人,不搭话。他整天对文正夫妇横眉冷对,可文正夫妇却放心多了,觉得只要能天天这样也挺好的。

  几年过去了,工程项目都完工了,钱也赚够了,文正夫妇的工厂也不开了,准备回家过安逸的生活,反正赚到的钱可以保证他们一辈子吃喝不成问题。就这样,莫非回到了家庭当起了全职太太。她为了讨好广丁,想赢得他的心,对广丁特别热情,好饭好菜奉若贵宾。可是广丁一点儿都不领情,觉得莫非对他如此这般都是应该的,他的心比冰还冷、比铁还硬。在这个家里他看不惯所有人,讨厌所有的事。他平时冷若冰霜,不闻不问,有要求时则指手画脚,发号施令。谁要是怠慢了他,没有满足他的要求,他就会暴跳如雷,拍桌打椅,摔东西。这时候,莫非连粗气也不敢喘,就是文正也只能听之任之,甚至向他道歉,赔不是。家里常常被搞得鸡犬不宁,不得安生。

第三章

路漫漫兮 迷途不醒

一、我行我素

广丁成年了，仍然是吃饭时回家，吃完饭出去。去网吧一直是他打发时间的主要途径。他有了身份证，出入网吧已经名正言顺了，没有了顾虑。他的钱越来越不经花，给他一个月的钱还不到半个月就没有了，有时甚至几天就花光了。他玩游戏、赌博都得花钱，还要陪朋友出去玩，请朋友玩，这些都是高消费。总之，他不知道钱是从哪里来的，反正只

要用卡一刷钱就有了。或许他故意这样做，要尽快把他们的钱花完，他心里才痛快。也许他觉得他们的钱很多，怎么花也花不完。玩久了，与网吧老板都熟悉了，就赊起账来。卡里没有钱了，不向父亲要了，也不声张，就让网吧老板记账。两个月都没有向文正要钱，而文正无比开心，他认为："我的孩子长大了，懂事了，不乱花钱了！"他把情况告诉老婆，莫非也觉得广丁有长进，感到高兴。莫非还叮嘱文正："每月给他的花销一定要充足，不要因为他省钱了就少给，并且，一定要按时把钱打到广丁的银行卡上，免得他缺钱花。"文正一一照办。可是，好景不长，到了年底，一个个的网吧老板先后来到文正家，掏出广丁签字的欠条，向文正讨钱，少的也有四五千，多的七八千，弄得文正夫妇目瞪口呆，先来的都照单付款，是儿子签下的欠条，理应还钱。后来的几个就没那么痛快了，文正先是一顿指责，然后说："必须打折，不然不还，要不你们找他本人去吧！"网吧老板说："你儿子不是未成年人，他具有民事行为能力，应该承担偿付责任，要不就法院相见！"赊账还钱天经地义，网吧老板也是不好惹的，他们不会相让的。文正想："如果事情闹大了，吃亏的是儿子，还不如照单付了！"其实，文正何尝不明白如果他们去找儿子，儿子不可能有好话讲，一旦惹出什么祸端，还得由他收场。就这样一一照数付钱，统计下来又是好几万！原以为广丁进步了，没想到是空欢喜一场。文正的眉头又锁

第三章 路漫漫兮 迷途不醒

得紧紧的，伴随的还是烦恼和揪心。钱都还清了，暂时得到了安宁，但是，这金钱买来的宁静又能维持多久呢？一月，两月，一年，不能想得太久，只能过一天算一天，得过且过吧！赊账虽然清了，可是广丁还是和往日一样，不知道这种花钱如流水的日子几时才是个尽头？

邻居说："冤有头，债有主，任何事情不会无缘无故产生，也不会无缘无故消失。这样下去，他家的好戏会唱不停！"也有的人说："常言道'解铃还须系铃人'，可是，他们家的事估计就算是系铃人也无法解开！"与文正家关系较好的亲戚见到文正就说："这么大的儿子了，不安排他做点事，整天游手好闲，花天酒地的，总不是个办法吧，做父亲的要为儿子的前程负责嘛！"文正往往回答："做什么事嘛，反正给他吃就行！"莫非也附和着："这个地方的人谁还做事！""睁眼说瞎话，谁不做事？难道天上掉馅饼不成！"邻居们议论纷纷，有人说："文正明明是在推卸自己做父亲的责任，到了这个境地，凭文正的为人和能力是不可能扭转局面的。要使孩子健康成长，必须有德行的带头人为榜样，要有好的家风家教。家长的不良德行，不雅言行都会给孩子的心灵布下阴影，遗恨终生。"

随着年龄的增长，广丁也想找一个适合自己的女朋友。他眼光蛮高，在网上聊天也见过不少女孩子，如果网上聊得好，广丁也会安排约会。和他约会的女孩也不在少数，每约会一

个女朋友都得要一些花销。不过在这个问题上他还是掐得比较紧的,只要在女孩子身上能挑出一些毛病的,他会分文不花,甚至他还学会了让对方消费。女朋友相貌不好的、有不良习惯的,他统统看不上。广丁在网上也公布了自己的条件:英俊、健康、家庭条件好、有车、有房、有钱,特别强调不需要工作也有饭吃……这些条件吸引了一些女孩子。每次约会广丁都会带着几个朋友,让大家做参谋。自己看上了,还要征求其他人的意见,想选到更完美的女孩。

二、恋爱情缘

一次一个同城的女孩被他相中,那女孩水仙花一样漂亮,白里透红的脸蛋,黑亮的眼睛,柳叶眉泛着灵气,样子很机灵,在场众人在女孩子身上都挑不出什么毛病来。女孩的个子比广丁高。广丁身高只有一米五左右,这在他自报条件中没有涉及,女孩子会不会同意是广丁最担心的事情。女孩名叫刘竟,十八岁,大学专科毕业,在一家广告公司当策划。除了家庭条件处处强于广丁,她有良好的家庭教育,孝顺善良,性格温柔,言语温婉,是一个人见人爱的纯朴、清秀的好姑娘。

第三章 路漫漫兮 迷途不醒

见面之后，广丁无时无刻不在想念着这个小姑娘，经常茶饭不思，神情恍惚，终日里像丢了魂似的，坐立不安。文正看儿子的样子很不正常，以为他生病了，但又不敢问他是怎么回事。而莫非虽然同广丁生活在同一屋檐下，却是觉察不到什么的，她不想惹出麻烦，生出是非。她本来是看不惯广丁的，只是耐着性子掩人耳目而已。她总觉得多一事还不如少一事，即使看到了什么也绝对不会讲出来的。平日里广丁的举止使她反感极了，她恨透了身边的这个累赘，就是他剥夺了自己的生育权，她早想拔掉身边的毒瘤，只是想不出办法来，因而她对文广丁的死活是不管不顾的。

几次约会，刘竟都没有明确表态，既没回绝也没表示同意。这明摆着的是他们之间存在一定的差距，只是男方的家庭条件有些诱人。在当时的社会背景下，广丁家的物质条件是很优越的，但年轻的女性绝对不会考虑到复杂的家庭成员之间的关系，不重视这方面的问题。恋爱关系久久不能确定，广丁的心更加不安，甚至有些狂躁。文正是丈二和尚摸不着头脑，不知怎么办才好。他明白这事即使与莫非商量也商量不出什么结果，还不如也当作不知道更轻快，因而就一直憋着，假装若无其事。莫非也不是以前的莫非了，有事没事都喜欢在丈夫面前唠叨。而文正为了在邻里面前装个好看，常常不露声色。

一天，广丁在父亲面前提出："我要学开车，考驾照！"

文正知道，儿子提出来了就要为他找好驾校、交好费用，让他安心地去学习。第二天，文正去自己曾经报考的驾校，因为那里有熟悉的领导，也有熟悉的老师。文正再三拜托他们管好自己的儿子，技术上不要有丝毫的保留，要让他学会。文正也向他们介绍了自己儿子的性格，叫他们担待点。广丁去驾校学习了。第一个星期，第二个星期过得都很正常。慢慢地，广丁学习时间上出现了偏差，文正有点怀疑，暗暗跟踪起来，发现他有时一整天都没去驾校，而是去了网吧，有时还和不三不四的人在一起游玩。文正很心痛，急得拍心窝。文正打电话询问驾校，老师说："你的孩子可能很难学成，三天打鱼两天晒网，他想来就来，不听教练的话，甚至教练多讲几句他就不耐烦。"考驾照是很严肃的事情，教练管理得很严格，抓得很紧，而广丁适应不了那样的模式，他痛恨驾校的管理，更痛恨教练的严格训练。他想逃避，可又认为开车出去与女友约会更有面子。因此，他强忍着不耐烦坚持了下来，但他学习的时候吊儿郎当，经常与教练发生口角，甚至对教练出言不逊。时间过得很快，几个月过去了，广丁理论考试不过关，后面的考试都没资格参加。挂着在驾校学驾驶的牌子，却是"年年公孙丑，月月梁惠王"。文正从驾校了解情况后，想了很多办法，才勉强让广丁通过科目一。科目二的场地训练，全靠平日的严格训练，否则休想过关。可单是"精神高度集中"一项要求，广丁就根本做不到，当

第三章 路漫漫兮 迷途不醒

地的驾照考试不严格，管理也很混乱，也有人有关系能通过别的手段拿到驾照，所以好不容易，广丁将驾照拿到了手。后来通过练习，广丁勉强能开车。文正花上十几万为儿子购置了一辆新车，由广丁使用。有了驾照，有了车子，他自由了，方便了。要到哪里去，车子一开，很快就到了，虽然技术不熟练，比步行还是要快很多的。他与女友约会的次数多了，花样也学会了不少，学会了献殷勤，与女友约会时也装着一副开心的样子，但也很难自然，有时也是皮笑肉不笑的。有了车子，他常带着女友兜风、观光、逛公园、下馆子。刘竞也很喜欢这种感觉，愿意寻求这种刺激，慢慢地适应了这种浪漫，并希望能有更多的约会。刘竞对广丁越来越有好感，说他"重情义、懂浪漫、有情调"。其实，刘竞只是被表面现象迷惑，她不了解广丁离开自己后的状态，她不知道这一切都是广丁装出来的，广丁回到家里后会判若两人。这样的约会持续了几年，家里一点儿都不知道。只见广丁整天忙忙碌碌，不知道他在外面做些什么。因为父亲不敢问儿子，儿子也没有与家里人沟通。虽然吃住在同一屋檐下，却形同陌路，互不关心。长久生活在这种氛围里，广丁的傲慢冷漠性格在日趋滋长，越来越看不起人，不尊重人，不懂得长幼尊卑。在他的心中没有"孝敬"二字，在长辈面前也不知天高地厚。

一天，广丁要带刘竞到家里去，刘竞表示同意。她觉得两人交往那么久，连男方家在什么地方都不知道，家里有些什么

人也不知道,朋友问起来怎么交代?谈恋爱不告诉家中父母和亲人有悖于伦理道德,应尊重他们,告知父母并让他们把把关,毕竟父母都是过来人,经历得多,有经验。文正夫妇看儿子领回了一个如花似玉的姑娘,打心眼里欣喜。虽然广丁没说明白是怎么回事,但他们也心知肚明。于是,两人都忙碌起来。先叫刘竞坐下来,然后递茶、摆糖果,招待客人就餐。一席丰盛的饭菜很快就摆上了桌,满满一桌子,色香味俱全。席间,文正不断询问刘竞的情况,从家庭到刘竞本人的情况都问了一遍。莫非插话说:"小刘,你一看就知道,我们家的情况在本地不算落后吧!房子都是新的,格局合理,样式新颖。车子一人一部,经济状况还算好,不需工作就有饭吃。你要是嫁到我们家来,保准不会吃亏的。"刘竞点点头说:"阿姨,这些我都知道!"文正接下来说:"一看就知道,你是个懂事的孩子,到我们家来的女孩只要懂得孝顺、勤快、不好吃懒做就行,当然家里的事情比如做饭、搞卫生能主动承担就更好了,至于工作不工作都无所谓……"听后,刘竞默不作声。饭后广丁主动邀刘竞去书房看电视,打开电视,刘竞却无心看电视,她的心里乱得很。她想:"男朋友爸爸的吩咐似乎为时过早,谁说现在就是你家的儿媳妇了呢?他明明是想为自己的老婆减负担,推卸责任,不工作光吃饭,还不如养头猪!"文广丁看出女友的心思,说:"他们的话你不要听,他们是自私自利的人,你当作没听见就是了。"刘竞没有作声,只说了声"我要回家了",起身就往外走。文正夫妇送出门去,广丁马上追过去,说:"上车吧,我送你回去。"刘竞头也不回只顾向前走,并大声回答广丁:"不用了!"

广丁没趣地回到屋里,文正夫妇知趣地不说话,心里却惊恐不安,不敢正视广丁。广丁的怒火都呈现到了脸上,一副要发脾气的架势,文正夫妇胆战心惊。所幸他没有发脾气,只是走进卧室,一头倒在床上,唉声叹气,捶胸顿足。老两口不问也知道是怎么回事,都后悔自己不该发言。即使他们明白,也知道是不可去安慰的,那样只会引火烧身,自讨没趣,两人只好假装什么都没发生。广丁这一睡,一直睡到了晚饭时间。睡醒了,翻身爬起来,睡眼蒙眬就开车扬长而去。"饭也没吃,又要去哪儿?"文正心里打鼓,叹息不止,"子不教,父之过!"他开始意识到自己对子女教育的缺失,自己失职酿成的悲剧在不断惩罚自己,自己亲手毁掉家庭,毁掉后代的前程。过失是无法弥补的,事已至此,只能扼腕叹息。

而广丁则约了几个要好的朋友开车到公园聊天散心,朋友们纷纷指责文正的话讲得过早,惹得刘竞多心。"刘竞与你们文家还一点儿关系都没有,就说起了家规,你爸爸做得太不应该了!而且,人家刘竞根本就不是一个贪图享乐的女孩子,她会自食其力的。"朋友在旁边七嘴八舌的讨论无异于火上浇油,看得出来,广丁已怒不可遏。几个人都相继给刘竞打电话,但她一概不接。看到广丁闷闷不乐,朋友们

都只好陪着他、安慰他，为他出谋划策。过了吃饭的时间，广丁拉着大伙就去了酒店，要了一瓶五粮液，广丁借酒消愁喝了起来，只是他向来酒量一般，几杯下肚，他不胜酒力，有些坐不住了。朋友见状制止，可他一点儿也不听朋友劝解，直到喝得酩酊大醉，借着醉意指责他父亲，坏了自己的好事；他谩骂他的继母是"狐狸精"。广丁的大吵大闹引来了酒店的工作人员，大家慢慢把他劝住，总算让他平静下来，结果他消停了一会儿就伏到桌子上昏睡了过去。到了凌晨三点多，大伙都很着急。广丁虽然不省人事，但好在朋友里面有人会开车，于是七手八脚把他抬进车里，大家一起送他回家。

车子到了文广丁家门前停下，文正知道是儿子回来了，立马开了门。朋友们七手八脚把他抬下车，抬到卧室，放到床上。经这么一折腾，他还是没有醒来。看到眼前的一幕，文正寒透了心，眼眶里泪水汪汪，痛彻心扉，一下子昏厥过去，不省人事。在场的人都惊呆了，没有了主意，迅速叫醒了莫非，莫非见状号啕大哭，马上拨打了120。几分钟后，医院两辆救护车呼啸而至，救护车的鸣笛声惊醒了酣睡中的人们。附近邻居纷纷起床看个究竟。同一时间，文家两个昏迷不醒的人被抬进救护车，围观的人都惊愕不已。谁也不知道内幕，大家带着疑问都回家睡觉去了。医院急诊室里的医生了解情况后，对两位病人分别进行了抢救。年轻人很快清醒过来，文正则呼吸不平稳，心律失常，还在昏迷中。莫非更为焦虑和

第三章 路漫漫兮 迷途不醒

担心。她六神无主，不断恳求医生："大夫呀，一定要想办法救我丈夫！不管用多少钱，我都付，求你们了！"窗外越来越亮，是天亮了。经过两个多小时的抢救，文正苏醒过来了，莫非乐开了花。这时广丁也知道了父亲和他在同一家医院抢救，但他没有问是怎么回事。广丁爬起来，坐在病床上，手上的吊针依然在滴着药水。文正在大伙的搀扶下坐起来，坐在病床上，也输着液。同一间病房里，父子两个对视着，满脸的无奈。广丁的朋友一夜未合眼，现在看他们都醒了，就说："既然你们都醒了，我们也可以放心了，我们回去睡一下！"于是，他们都回去了。医生根据文正的病情，建议留院观察，继续治疗。广丁输完液就办理了出院手续，不过，他走起路来还是恍恍惚惚、东倒西歪的。文正叫莫非帮广丁打出租车回家。莫非叫来出租车，扶广丁上车后又返回了病房，莫非最担心的还是自己的丈夫。一旦丈夫出了事，她的日子是不会好过的，这些她明白得很。

广丁回到家里，首先想到的就是给女友刘竞打电话，手机的回应是："对不起，对方已关机！"连拨几次，都听到同样的声音。他火了，把手机重重地摔在桌子上，自己瘫坐在沙发上望梁兴叹。一连好几天，他都联系不上刘竞，心里焦急万分，心神不定，人也消瘦了许多。一天的时光如何打发，对没有工作的人来说，确实是个大问题。每天无所事事，怎会不无聊呢？他在家里坐立不安，父亲住院似乎与他一点

儿关系也没有，他一点儿都不记挂。思来想去，觉得还是去网吧的好，或许能遇上刘竞上线。主意一定，文广丁就去了最近的一家网吧。一坐到电脑前，他就浏览起QQ（即时通信软件）群来，没过多久，刘竞果然上线了。他立即抓住机会聊天："你好，亲爱的，想死你了！几天不见如隔几年，出来玩吧。"刘竞说："我工作忙，没时间！"广丁忙说："你在哪儿，我去接你！"刘竞回答："不用，你好好玩吧！"她马上下了线，广丁又陷入彷徨之中，无精打采地回家去了。如果是以前，只要一进到网吧，不玩三五个小时是不会走出门来的。可如今，什么游戏都调动不了他的兴趣，回到家里，他也依旧愁眉不展。

第二天，文正出院了，莫非陪着丈夫回家。打开房门一看，屋里乱七八糟，一片狼藉。桌子上、地上到处都是一次性的饭盒、筷子、水杯，厨房的案板上、水池里都是没洗的碗筷。一进屋，莫非马上收拾，打扫残局。文正唉声叹气，想见儿子也见不着。广丁天天按时去网吧，一心只想与刘竞邂逅于网上，好与她谈谈，化解她的误解，重新回到从前。文正为了不让儿子天天去网吧上网，特地买了一台电脑放在广丁的书房里。从此，广丁上网也不需要走出房门了，父亲为儿子提供了更大的方便。久而久之，刘竞终于被他说服，两人又不断约会，广丁还经常带女友来自己家里。文正夫妇也不再多话，刘竞来了就好饭好菜招待，唯恐再有什么矛盾发生。

第三章 路漫漫兮 迷途不醒

他们也希望儿子能早日完婚，建立家庭，以减轻负担，减少麻烦，使生活得到安宁。刘竞也越来越想到这个家里来，她和广丁的来往越来越频繁，文家人都觉得她越来越美丽可爱。广丁的心情也好多了，脸上的乌云散了，紧皱的眉头舒展了。

过几天就是情人节了，这一天，广丁买了十一朵玫瑰花，准备送给刘竞。十一朵玫瑰象征着一生一世，一生相伴，一世相随的美好寓意，正是未婚青年男女所追求的，这个含义一般人都懂的。同时红玫瑰寓意着永恒的爱情和忠贞。热恋中的年轻人都流行送玫瑰花，而送花这件事本身又十分浪漫。情人节那天，刘竞如约来到文广丁家中，玩了一阵后，广丁捧出玫瑰花，在刘竞面前单膝跪地，当着父亲和继母的面，双手高高举起玫瑰花，对刘竞说："竞，亲爱的，嫁给我吧，我一生一世、永生永世都爱你，会用生命呵护你！"刘竞羞得满面通红，抬头看看广丁的父亲和继母，他们的微笑使刘竞缓过神来，心绪安定下来。她看看广丁，广丁呆头呆脑的样子既好气又可爱，让她哭笑不得。刘竞想到自打与广丁交往以来，她对他没有多少反感，觉得他憨态可掬、憨厚老实、忠心不二，觉得他可以托付终身。于是，刘竞欣然接受了广丁手中的玫瑰花，紧紧抱在自己怀里，并扶起跪着的广丁。广丁顿觉欢喜，也一阵心安。过了一会儿，刘竞放下玫瑰花对广丁说："我要回家把此事告诉父母，告诉亲人，告诉朋友，征求他们的意见，听听他们的看法。意见统一后，也带你见

见他们，看他们满不满意。"广丁连忙点头答应。

　　刘竞回到家里，把自己有了男朋友的事告诉了父母，父母对刘竞说："你已经成年了，到了法定结婚年龄，选配偶要有标准、有眼光、重了解。对方要身体好、品行好、有能力、有工作。她向父母提出，要选个日子带广丁来家里玩，父母表示同意。一天，刘竞刚下班，文广丁的车子早停在了刘竞单位门外，人坐在车里，等待刘竞的到来。两人一见面，广丁就说："我来接你去我家玩，上车吧！"刘竞说："今天我还有工作要做，你自己回去吧！"广丁急切地想知道女友父母的反应，于是叫刘竞上车坐一会儿。刘竞上了车，开口就说："我父母不同意，因为没有看到你，你又没有工作，对你和你的家庭情况都不了解！"她半真半假地回应广丁，说完就下了车。文广丁听后信以为真，脸色顿时由晴转阴，在方向盘上伏了一会儿后，伸伸懒腰，振作一下精神，就驾着车子无奈地走了。

　　他回了家，父亲和继母都在客厅看电视，他却旁若无人，一头钻进自己的卧室关上了门。父亲见状，摇头叹息，莫非也叹气不止。他们两人心知肚明，广丁肯定是又有什么不开心的事或是遇到什么麻烦了。家里又将被阴影笼罩，最害怕的冷战又将开始了。一出现这种情况，文正夫妇在家里走路都是蹑手蹑脚的，说话、做事都是诚惶诚恐的，生怕广丁借题发挥惹出什么事端来。文正悄悄出门，联系到广丁的一个

第三章 路漫漫兮 迷途不醒

朋友，向他要到刘竞的电话。文正就给刘竞打了个电话，告诉她情况，并请她到家里来。刘竞说："叔叔，没关系的，你们不要着急，我有时间就过去！"文正放下电话，迅速赶回家。文正一进门，就听到广丁卧室里传出了讲话声。他仔细一听，是广丁在打电话，有说有笑，估计他是与刘竞在打电话。文正听到了广丁久违的笑声，就站在门边细听，他此时此刻开心极了，仿佛一切烦恼都忘到了脑后。吃晚饭时，广丁吃得很舒坦，从来没看到他吃饭这么开心过。他开心了，全家人都开心，这餐晚饭吃得温馨极了。席间广丁说："明天是星期六，刘竞有时间，早餐后，我开车去接她到家里来！"他没有称呼父亲，也没有叫莫非阿姨，只是在提醒他们：明天刘竞来家里吃中饭，你们可要准备好啊！吃完饭，广丁就进了书房，不用说，肯定是与刘竞视频聊天去了。文正夫妇太高兴了，巴不得早日促成这桩婚事，把重重压在两人肩头的负担卸下来。老两口互相鼓励：女孩子来了千万别乱讲话，免得惹出是非来，广丁又要闹。

第二天清早吃过早点，广丁就驾车出发。广丁和刘竞相见，先在车里聊了一会儿，然后就去公园的游乐场玩去了。在公园里，刘竞问广丁："你爱自己吗？"广丁感到莫名其妙，想："这样的问题要怎样回答，才能讨得她的欢心呢？"他迟疑了一下，说："谁不爱自己！"刘竞又说："爱自己的人为什么会折磨自己？"这下有难度了，真的让人手足无措，广

丁的眼睛盯着刘竞不停地打转转，心里慌乱。他搪塞着回答："我没有折腾自己啊，因为没见到你，我心里难过嘛！"广丁见刘竞半信半疑就说："你是我今生今世唯一爱的人，我会给你幸福的，我永远永远爱你。只因为在人群中看了你一眼，我一生都沦陷在你的眼里。我一定用生命保护你，哪怕遍体鳞伤，也要爱得痛快！"刘竞调侃说："如果我是个懒女人，你还会一如既往地爱我吗？"广丁回答："肯定一样爱你，绝对爱你，爱得死去活来！""那么，家里的事谁来做？"刘竞又问。"我来做嘛，我全包！"广丁回答。刘竞也知道，广丁很难做到，不过，他能这样回答也让刘竞宽心了。

三、广丁结婚了

广丁二十五岁那年与刘竞结婚了，当时刘竞二十三岁。婚宴那天由广丁的父亲主理，场面非常热闹，来庆贺的人很多。来的人中大多都是文正原来企业的职工，在他手下做了几年工，多少还记着点儿曾经的情分。酒席摆在大酒店，可谓声势浩大。酒是高档的，宴席也很丰盛。唯独不尽人意的是婚礼缺少了一个温馨的环节。这一天，广丁的生母和生母找的

第三章 路漫漫兮 迷途不醒

继父也来了。举办方是广丁的生父与继母，来庆贺的是生母和继父。按照婚礼议程，新娘新郎的父母都必须上台亮相并致庆贺词。这下为难了，总不能让生父与生母牵手上台致贺词吧！如果让生父与继母上台，广丁又不愿意；如果让生母与继父上台，又有悖情理，在大众面前说不过去。左也难右也难，最后只好放弃这个环节。只是这样做，就委屈了新娘的父母，在这样大喜的日子里，连亮个相的机会都不给，他们觉得有失体面，却也没有其他办法。婚礼上，新娘新郎上台后，无论司仪怎样说，新郎自始至终都没有露出丝毫的微笑，脸拉得很长。当司仪问新郎："今后家里的家务事，你会不会全包了？"他竟回答说："不会！"全场人听了都感到吃惊，哪有新郎在婚礼上如此回答问题的，这只不过是给婚礼增加点趣味的话题，至于今后谁做家务，是看两个人的相爱程度、相互关心体贴的程度以及时间的便利，这样的回答让新娘的脸色骤然变了，由晴转阴。她想："这个人靠不住，在婚礼上这么蛮横、任性，可事到如今该怎么办呢？"婚礼继续进行，广丁在婚礼这一天就在众人面前留下了不好的印象。

　　自此，文正的三口之家变成了四口之家，家务活儿更多了。儿子儿媳结婚后住进了新房，新房离文正家有一段距离。广丁小两口每天都是去文正那里吃三餐饭，平常却难以见到他们帮忙干家务活儿。本来就不安心当家庭服务员的莫非，心态更加失衡了，觉得很不公平，四个人吃饭，一个人做饭。

文正说:"这很容易,就让小两口自己去做饭吧,反正钱都是我们给的。"文正和广丁一讲,他们也乐意。很快文正和广丁小两口就各自做饭吃了,各人料理各人的生活,爱怎么生活就怎么生活。

四、结婚后嘴脸初露

文正还是跟原来一样,把每月的生活费按时打到广丁的银行卡中。广丁结婚后,文正给他的生活费也增加了一些。结婚之后的新生活有新鲜感,两人初期生活得很和谐,广丁负责扫地、拖地板,刘竞负责做饭、洗碗、洗衣服。刚结婚不久,两人相处较融洽,新鲜感在彼此心中尚存,结婚前夕,刘竞经不住广丁的劝说,把工作辞了,现在他们俩有的是时间。其实,没有事做也是无聊空虚的,会使人杂念萌生。广丁早前养成了白天睡觉,晚上熬夜玩游戏的习惯,因此白天不到十二点不会起床,晚上总要熬到凌晨两三点。广丁玩游戏到了痴迷的境地,可以说是走火入魔了。一钻进电脑房就见不到人,吃饭都要三请四邀。一吃完饭,他就放下碗筷钻进电脑房,不管家里的事。刘竞有时推开门叫他,一进门就闻到一股浓郁的烟味,呛得人咽喉都发痒。因为广丁痴迷电脑游戏,两人不知吵过多少次。再也见不到广丁结婚前对刘竞的微笑和轻柔的话语。现在他总是板着脸,说话没好气。结婚还不到一年,就变成这样,刘竞有些接受不了,对广丁很失望。

一天又一天,广丁的毛病越来越多,因为家庭的日常开支都是广丁父亲给的,因此他对刘竞摆起了架子,对刘竞指手画脚,对生活品质的要求不断上升。每餐煮的菜都必须是他喜欢的,要合他的胃口,否则他就发火、骂人、打人。妻子成了他地地道道的保姆,对他的服务必须用心周到,每天抽的烟都是刘竞为他买回来送到他手上。刘竞现在才知道,一个没有受到良好教育,没有良好家风熏陶的人很难当好丈夫,与这样的人相伴实在太难了。但她只能忍气吞声,就连对自己家里人也藏着掖着不明说。她后悔了,心痛不已,泪流不止,却还心存一丝幻想,希望有了孩子后,广丁能有所改变。

五、做爸爸后更加冷漠

一年后,刘竞生下了第一个孩子。临产前,在医院产房里,她因疼痛而大声呼叫,这是很正常的现象,虽然谁也减轻不

了她的痛楚，但最需要的是安慰，是来自亲人的关心。而作为丈夫的广丁却在产房外大骂："叫什么叫，真的那么痛吗！你不能忍着点，叫得好听吗？"医护人员听到都很生气，开门问道："你是她的什么人？为什么在这里大呼小叫的？"一个多小时后，刘竞终于产下了婴儿，是一个男婴。医生问刘竞母亲："那个大呼小叫的人是你的女婿吗？和这样的人在一起怎么过日子呀！"在众人的指责声中，广丁没有再吱声，他阴沉着脸，一脸的不愉快。孩子降生后，文正和张丽及双方的亲人都非常高兴，纷纷到医院来贺喜。可广丁却一句感谢的话都不说。当妻子生下孩子，当男人成为爸爸的时候，都会高兴得合不拢嘴，有的会抱着妻子亲个够，有的会抱着小宝贝不肯放手。可是这个广丁却大相径庭，始终没有安慰妻子，没有慰劳妻子，似乎这件事与他没有半分关系，就连儿子长什么样他也全不在乎。

很快，刘竞就出院回家了。一回到家，广丁就一头钻进电脑房里，玩他的游戏去了。他没有问过一声妻子的身体情况，没有温馨、体贴的关心，没有一句温暖人心的安抚，没有对妻子十月怀胎一朝分娩辛苦付出的感恩。这个人真的变了，刘竞更失望了。

从医院回家五天后，孩子突然出现了异常，呼吸非常急促，得马上送医院，急坏了刘竞和刘竞的母亲。刘竞对广丁说："儿子生病了，得马上开车送医院！"广丁却慢悠悠地冲刘竞说：

第三章 路漫漫兮 迷途不醒

"怎么回事嘛,为什么会这样?"刘竞又急又气,催着广丁赶紧开车送儿子去医院,救人要紧。到了医院,刘竞马上把孩子送进了急诊室。经过医生的治疗,孩子脱离了危险,但刘竞仍然心急如焚。这时候,广丁却一直没有在医院露面,儿子怎么样了,在哪个科室治疗,他一概不管。很快就回家玩游戏去了。医生以为孩子没有父亲,就问孩子的外婆:"孩子的父亲怎么一直没有出现?"孩子的外婆也不知该如何回答。孩子的病情慢慢稳定了,刘竞终于放下心来。这时,文正、莫非来到医院,张丽和其他亲戚也到病房来探望婴儿,但仍未见到广丁来到医院,刘竞走到病房外,放声大哭起来。这哭声里充满着无奈,这哭声诉说着委屈,这哭声里充斥着无穷的悔恨。痛快哭了一场后,刘竞情绪稳定了,她感到特别疲惫,感到心力交瘁,回到病房一屁股坐到椅子上,头靠着椅背,眼睛望着刚出生还不到一个星期的宝宝。虽然自己的母亲寸步不离地陪伴着,又来了这么多亲人,可是,刘竞的心感到特别寒凉,特别孤单,全身软得像一团棉花。她默默祈祷:"我的宝宝是我的命根子,一定得好好的,千万不能有事呀!"然后她没有想到接下来的打击更使她感到无助。经过大夫的检查和会诊,判断孩子由于先天性疾病,需手术治疗,手术定在三个月后。不久,刘竞的儿子就暂时出院了,大夫特意叮嘱刘竞:"回家后要好好护理,一旦有异常需要马上来医院。"刘竞办好出院手续,外婆抱着外孙走在前面,

刘竞紧跟其后,走出医院大门。走近自家车子,只见广丁坐在驾驶室里嚼着槟榔,夹着香烟,悠闲地吐着烟圈。他打开车门,让大家上了车,然后关上。车子启动了,向家的方向驶去。刘竞的心剧烈地疼痛,她强忍着煎熬,不停地叹着气。刘竞的母亲没有作声,虽然对广丁的行为不满,毕竟是女婿,她不好多说。她只是在心里埋怨女儿,当初瞎了眼,嫁错了人。回到家,广丁就转身进了电脑房。刘竞没有说什么,也没有留他,一来不敢,二来在他身上不能寄予任何希望,任何事情都不能靠他,只能怪自己命苦,再重的担子,也指望不上他。一个月后,刘竞的母亲回家了,从此家里的大小事情都得由刘竞自己打理。这还不算,她还要精心侍候只会在电脑房里玩游戏的丈夫,还不能得罪他,否则家里就会天翻地覆,不得安生。

六、苦心经营被糟蹋

时间过得太快了,不知不觉,孩子就半岁了。刘竞给孩子断了奶,用牛奶等食品代替母乳,并把孩子送到了外婆家,让外婆带外孙。刘竞自结婚以来,就没有出去工作,自己不挣钱，用钱时就要受制于人，被人瞧不起。文正夫妇虽然会给广丁他们钱，但是这些钱需要通过文广丁的手，文广丁截留一部分后才发给家庭生活的直接负责人——刘竞，因此，刘竞经常觉得钱不够用。但找广丁要，广丁并不搭理，所以刘竞决心出去工作。

经过一番琢磨，刘竞准备经营个小生意。通过对市场的了解，根据自己的喜好和能力，刘竞打算开个小小的服装店。但是开服装店是需要成本的，钱是摆在面前的最大难题。她主动找广丁商量，广丁却极力反对，刘竞知道广丁向来好吃懒做，不关心自己，不关心家庭，可尽管如此还是得求助于他。她轻声细语地跟丈夫说："我开我的店，绝不影响你，你还是爱做什么做什么，我不会打扰你的。"广丁没有说话，也没有像刚才那样极力反对了。刘竞抓住机会，诚恳地说："我不要你做别的，只求你帮个忙，去求你父亲借给我十万元钱，赚了钱我一定还给他！"广丁一听到"钱"，眼睛都亮了。他心想："这是个向父亲要钱的好机会，何不向他多要几万，这样，我的手头也有钱用了。"他打定主意，马上出门，去了父亲家。

广丁走到父亲家的门前，就听到屋里传出麻将声。他敲开门，走进客厅，看到家里有两桌客人正在打麻将。文正马上起身，引广丁进卧室，问他："有什么事？""刘竞要开服装店，没有本钱，你给她十五万吧！"广丁回答。文正说："开什么开，给你们钱，让你们有吃有喝就行了，还要什么钱，开什么

店，我没有钱！"广丁眼睛一瞪，说："那你怎么有钱打牌？"文正心虚了："明天打到你卡上，既然开店，就要好好经营，赚回来了得把钱还给我！"广丁没作声转身回家。回到家，他告诉刘竞："好不容易弄到了十万元，要还的！"刘竞太高兴了，有了十万元，开个小小的服装店不成问题。只要租好门面，钱一到位，就能去进货开业了。她让广丁陪着一起去选择地址、租门面，广丁也去了，算是给足了老婆面子。

而且广丁陪同刘竞把货进回来后，还陪她到店里把衣服摆好、挂好。服装店开业后，他每天都去店里帮刘竞打理生意。铺面刚开业，生意蛮红火，顾客络绎不绝。进回来的服装几天就卖完了。虽然很忙，却很开心，刘竞挺有成就感，觉得自己的路子走对了，做事很有劲头，一点都不畏难。夫妻两个也配合得很好，别人也都说广丁进步了，有了男子汉的担当，这个家庭有盼头了。刘竞打心眼里高兴，从此，刘竞对广丁的态度也发生了改变，认为人都会有犯错的时候，只要能认识到错，能改正就是进步，能改过自新的人就是一个了不起的人，就能看到前途，看到光明，就能提升勇气，振作精神。几个月过去了，服装店的生意越来越好，刘竞对广丁越来越信任，相信他能独当一面。

服装店开门迎客，一天都不能关门，只要关一天，对顾客就会有心理影响，对生意的影响更大，顾客会认为是个不常开的店，靠不住，选购衣服的人就不会来店里，会绕道去

第三章 路漫漫兮 迷途不醒

别的店。刘竞为了克服这些影响生意的因素，尽量做到店门常开，一天都不关，因此进货就让广丁一个人去，广丁也高兴地挑起了这副担子，每次去进货都能准时赶回来，并且热情地帮妻子把进回来的服装挂好摆好。刘竞省心多了，也轻松多了。虽然广丁还是爱玩游戏，还是一回家就一头钻进电脑房中不出来。但刘竞已经心满意足了。

久而久之，生意一天不如一天，慢慢冷清下来。究其原因，回头客少了，甚至基本上没有了回头客，每天进店的都是生面孔、陌生人，进店看货的多，交易的少。"这怎么了？"刘竞大惑不解。偶然遇到一个老顾客，那个顾客说："听人家讲，你店里的服装质量不如以前了，我没有过去看，不知是真是假。"刘竞半信半疑，走进店里，对服装逐件检查，还真发现了问题，无论从样式，还是从布料质量上看确实有些不一样。由此看来，服装的质量才是问题的症结。"难道是批发商坑了广丁，以次充好？"刘竞想。她马上找出广丁进货的单据，发现后面几次的进货单都有改动。单价和总金额对不上，刘竞瞬间明白是怎么回事了。为了核实，她打电话向批发商询问。几个商家的回答都一样：以前你进的服装都是一等品，可之后进的服装都是二等品，价格全都是二等品的价格，有凭证为据。他们还说：广丁全都要了二等品，货都是他自己选的，账也是当面结算，当面付的款。"刘竞被气得七窍生烟，全身发软，瘫坐地上，唉声叹气，生气地

嘀咕:"一个不争气的东西,一个不可救药的家伙,已经走向了穷途末路,没有回头的可能了!"这天,文正也来到服装店。他也听说了生意冷清的消息,他特意过来看看。一来是看个究竟,二来自己借出的钱,也到了该收回的时候了。小两口的生意做了一年多,照理应该把投资赚回来了。刘竞也是这么想的,因为有言在先,借的钱是要还的。于是,对公公说:"我们借你做本钱的十万元钱,如果还得起就要还给你的,今天回去就与广丁……"还没等刘竞讲完,文正就抢着说:"怎么?你说十万元,记错了吧,是十五万呀!"刘竞一惊,说:"十五万?不会吧,广丁就给了我十万呀!""那还有五万用做什么了?我不管,十五万就是十五万,你们之间的事我不管,你自己问去!"明明是他奈何不了儿子,在儿媳妇面前他却趾高气扬。临走时他一再叮嘱刘竞:"十五万元要尽快还给我,做事不要拖拖拉拉的,年轻人要雷厉风行!"可是他忘了他自己在儿子面前却不敢说话、不敢批评,要是他早早纠正儿子的陋习和缺点,他儿子就不会是今天这个样子了。

　　真是祸不单行,雪上又加霜,刘竞又气又急,忍不住哭喊起来:"在这样的家庭里我该怎样活啊?为什么我偏偏遇上这样的男人啊!"原来开店以来,广丁态度的改变、行为的主动都是假的,都是虚情假意的忸怩作态。这一切都是为了骗取妻子的信任,从而有机会以次充好,自己偷偷捞钱。

第三章 路漫漫兮 迷途不醒

"该怎么办呀?"刘竞无奈地问自己。满店的服装卖不出去,要账的又来了。"一定得想办法破局,弄个水落石出。"刘竞下定决心,为了把问题弄清楚,她不再畏缩,不再胆怯,理直气壮地去向广丁讨说法。

她敲开电脑房的门,广丁看到刘竞进来,心里就明白是怎么回事了。他的脸红到了耳根,说话吞吞吐吐,手脚打战。刘竞静下心,轻声细语地对广丁说:"我们的店开不成了,一点儿生意也没有了,每天进店的人没几个,就算是进了店,也是怎样进去就怎样出来。你觉得问题出在哪里?"广丁默不作声,只是低下头,装作若无其事,实则心里暗喜:"她还不知道个中原委,太好了,得想个办法搪塞才是。"刘竞接下来说:"要不,你去店里看看吧!"广丁答应了,两人一前一后走到服装店。刘竞叫广丁仔细看看所有的衣服,再叫他摸一摸、揉一揉、搓一搓,然后问广丁:"你觉得怎么样?有没有什么发现?"广丁摇摇头,什么也没说,他表情凝重,心事重重。过了一会儿,他不急不慢地说:"是不是服装的质量不如以前了,是不是他们把货发错了?"等他说完,刘竞把调货单据拿出来,指着上面改动的数据说:"这是怎么回事?谁改动的?"广丁无言以对,低下了头。这事算是水落石出,但到底每次相差的金额是多少,刘竞没有一一追究。广丁为什么要这样做,刘竞也没有盘根问底,就暂且搁一边。因为刘竞关心的是另一件事,就是向他父亲借钱的事,刘竞

说:"向你父亲借钱的事,他今天来店里要了,钱都在你手里,欠多少只有你知道,你把钱还给他吧!"广丁脸色难堪,低声说:"没有!"刘竞说:"你的钱都做什么了?花到哪里去了?"他有气无力吞吞吐吐,刘竞火了,壮着胆子,不怕他发脾气,理直气壮地说:"把你的账本都拿出来,算一算,服装店到底赚了多少钱!"广丁还是摇摇头,说:"没记账,我不知道到底赚了多少钱。"刘竞差点儿被气疯了,哭着说:"好一个败家子,没家规、没家教的东西……"广丁只是羞愧地低下头,一言不发。晚上,刘竞翻来覆去睡不着觉,左思右想,静下心来细细思量:"毕竟是自己的男人,木已成舟。好心人都劝我离婚,我想再做点儿努力。或许他遇到了什么难处,一定要了解,或许能帮点儿忙。尽量用感情去感化他,看看有没有转变的可能。不管怎样,我都要做最后的努力,做到仁至义尽,争取不留遗憾。"

七、堕落加剧

因为这次争吵,广丁一见刘竞就躲,现在广丁不但白天在电脑房不出门,就是晚上也在电脑房,睡觉就窝在沙发上。第

第三章 路漫漫兮 迷途不醒

二天上午，刘竟推开电脑房的门，一股浓浓的烟味呛得她连咳几声。她忙后退几步，待烟味儿淡了一些才进门，接着搬了凳子挨着广丁坐下，看他上网。几分钟后，刘竟以关心的口吻提醒广丁说："吸烟对身体是有害的，你懂吗？"广丁一一点头，表示知道。刘竟紧接着说："那么，电脑房里的烟味你闻到了没有？那么浓，你不觉得呛鼻吗？长此下去，你的身体也会得病的。他没有表情，也不置可否。静默几分钟后，刘竟向广丁叙起了旧情，从两人相识到相知，如何发展感情，进而结婚，往事历历在目。刘竟心想："他听了应该有所醒悟，多少有点触动，哪怕是木头人也会有所反应的。"广丁却低语道："那是过去的事情，过去这么多年了，还提它干什么！"刘竟沉思良久，然后直入主题，逼问广丁："你整天整夜上网都做了些什么？"广丁极不耐烦地回答："玩游戏、打牌、搓麻将！"刘竟又问："那么你的钱，那么多都用哪儿去了啊？"广丁又是低头不语。刘竟知道，广丁是吃软不吃硬的，于是缓和语气，温和地问道："最近你是不是遇到了什么为难的事情？说出来，看我能不能帮到你！"他抬头看了一眼刘竟，头又低下去，嘴唇翕动，欲言又止。"有什么就说出来，藏着掖着干什么呀！"刘竟追问中带着关切，希望能马上找出根由。在刘竟的再三追问下，广丁才像挤牙膏一样说出："我，我在网上做投资，"接下来用恳求的口吻说，"我还差很多钱，你能帮我吗？"刘竟反问："做什么投资？有没有钱赚？"广丁一口咬定："有

钱赚,做成了能赚大钱!"刘竞还是对他寄予希望,以为他真遇到了难题,想帮助他渡过难关,所以对他的话并不怀疑,于是,两人商量起办法来。刘竞说:"去你母亲那里,肯定能想点办法来。"广丁迟疑了一下,低声说:"已经借过了。""借了多少?"刘竞问。"借……借了十……十万",广丁的声音压得更低,很没有底气。刘竞有些犹豫,但看到丈夫的狼狈样儿,又产生了怜悯、同情。"帮帮他吧,或许赚了钱我们还有出头之日。"一股热情涌上她的心头,她还是想要帮他。她思来想去,只有向自己的父母借了,向其他人借肯定借不到钱的。两人合计:以月息两分的利息向刘竞的父母借十万元,并谎称做生意需要周转。刘竞的父母听信了刘竞的话,放心地把钱交给了她,就这样事成了。

第一年他们付了利息,但没有付足。第二年也付了,并补上了第一年的差额。刘竞的父母深信不疑,对女儿女婿表示感谢。到第三年他们再也无法支付利息,因此谎言不攻自破,事情的真相再也不能隐瞒,他们只好讲出了钱的去向。所有的钱都被广丁花到了网上,至今分文未归,父母的钱也血本无归了。刘竞懊恼不已,她帮着广丁欺骗了父母,每天都生活在良心的谴责下,无法向父母交代。所有的痛苦都深深埋在心底,任由其折磨自己。

生意萧条,投资打水漂,欠债更多,不争气的丈夫进一步堕落,这四重压力,都压在了又有身孕的刘竞身上,她稚

第三章 路漫漫兮 迷途不醒

嫩的肩膀已经无法承受了。她的耐性已到了极限,几近崩溃。夫妻两人的关系越来越疏远,夫妻关系出现了危机。刘竞通过向朋友打听、网上查询,慢慢了解到广丁根本没做什么投资,而是无节制地在网上赌博。他把家里所有的钱和借来的钱全都花在了网上,并且还欠下了大量的赌债。他父亲给全家的生活费也都被他用作赌资,连生活费也没有了着落,他赌博已经到了疯狂的地步!在这种情况下,刘竞咬紧牙关,决心做自己的事,挣自己的钱,再不让这个败家子插手。

在很短的时间里,刘竞学会了化妆,开了一家很小的店面,兼做上门化妆的服务。由于她心灵手巧,和蔼可亲,服务态度好,所以生意很快红火起来。她吃住都在店里,不想回家面对广丁,反正回家也冷清孤单,还会遭遇不省心的事情,不如在外面清静、自在。可是,事情并没有她想的那般美好,她不回去,广丁却厚着脸皮找上门来,隔三岔五地向刘竞讨钱。每次来到店里总是钱,钱,钱,他从不过问刘竞创业的艰难,从不关心刘竞腹中的胎儿怎么样了,也不体谅老婆怀孕的艰难,要了钱就走。如果没要到钱,他就会死缠烂打,弄得谁都不得安宁。生意不好做,顾客哪还会登门,所以刘竞不得不给他些钱。刘竞的生意越做越好,电话不断,她特别辛苦,特别是上门服务,东奔西走,没有任何人能帮她,她只能咬牙坚持。因为她知道顾客是上帝,顾客是不能被怠慢的,做人做生意都要讲诚信。

八、妻子艰难支撑

日子一天天过去，刘竞临近预产期，只能把业务停下来，静养休息。为了照顾好孩子，她决定回娘家住一段时间。只有在娘家，才能安全轻松地度过这个特殊时期，同时也可以和大儿子在一起，天天见面。对她来说亲情非常重要，这个时候她最需要亲情，需要关爱。在自己家她就只能孤苦伶仃的一个人，无依无靠，无亲情可言，无关爱，无扶助，一切都是冷漠的，和广丁的关系就像处在冰天雪地里。

刘竞住进了医院，由于第一胎痛得可怕，所以，这一胎刘竞准备做剖宫产手术，听人家说剖宫产没那么痛。医生告诉刘竞，剖宫产需要亲人签字，有丈夫的话签字的人必须是丈夫。刘竞当即给丈夫打电话，广丁的回答是："要我过去，你必须打钱过来，否则我不去！"多么冷酷的回答，难道他一点儿都不知道女人生产时有多难吗？一点儿都不清楚女人生产时的风险有多大吗？三十多岁的人了，这些常识他就没听人讲起过吗？都不是，只是他的冷酷无情已经渗透到了骨髓里。听了广丁的话，刘竞也寒透了心，眼睛瞬间红了，眼泪滚出了眼眶。母亲知道了通话的内容，看到了女儿的表情，马上温情地安慰

第三章 路漫漫兮 迷途不醒

女儿:"孩子,没关系,有妈在,妈给你做主!"刘竞更加伤心起来,母亲为她抹眼泪,强忍内心的忧伤,苦口婆心地劝女儿:"孩子,别难过,要为腹中的胎儿着想,这样会妨碍胎儿出生的。孩子在母体内是随母亲的情感变化而变化的呀,你这样伤心,小孩会受到影响的!"刘竞听了母亲的安慰,慢慢停住了啜泣,眼泪没往外流了。母亲接下来说:"别紧张,不要怕,你也不是今天才知道他是这样的人,这样的结果是预料中的事情。他不来,我们自己做主,不依赖别人。这是第二胎,总比第一胎容易生出来。"当天夜里十点多钟,刘竞顺利产下了一个女婴,在场众人都非常高兴,包括医务人员都送来了真心的祝福。刘竞正期盼能生个女娃,一男一女是多么好的组合。

　　由于母亲的悉心护理和充足的营养补给,刘竞的身体和精力都恢复得很快,女儿也长得乖巧可爱。这时,刘竞又想起了婆家,毕竟这孩子也是他们的血脉,想带孩子回去给他们看一看。满月后,刘竞带着两个小孩回到婆家,儿子还没满五岁,名叫文韵和,女儿刚满月,名叫文汝丹。回家后,所有的事情仍然都由刘竞承担。照顾两个小孩,还有一堆的家务事,刘竞越发辛苦。而广丁除了接送儿子上幼儿园,其他事一概不管。孩子的亲爷爷、文正夫妇把儿媳妇看成是外人,没有一点关心。对孙子、孙女表面上很疼爱,但并不帮忙照顾孩子。刘竞下定决心善待儿女,把他们培养成优秀的、有用的人才,再苦再难也不能放弃。

九、子债父还

一天,房门被人敲得梆梆响,刘竞问:"谁啊?"没回答,继续敲门,并且越敲声音越大。刘竞打开房门,一个高大的陌生男人站在面前,她惊愕万分,问:"你是谁?"来人进屋后,刘竞给他沏了茶。那人既不坐,也不喝茶,没好气地冲她说:"广丁是你的男人吧,把他叫出来!"他凶神恶煞的,满是命令的口气。刘竞慌里慌张地问:"你找他有什么事吗?先生。""什么事?你把他叫出来就知道了!"他的声音越来越大,把正在酣睡的孩子惊醒了,孩子哭得很凶。刘竞抱起孩子,着急地哄着孩子。电脑房里的广丁明明听见外面有人找他,也听到女儿在大哭大闹,可是他无动于衷,并没有走出房门。刘竞想:"这人到底为什么发那么大的火?难道是广丁在外闯了祸,结下了仇怨?要不要叫他出来?"刘竞边哄孩子边思索,良久后,才对那人说:"先生,你找广丁有什么事,能告诉我吗?"那人还有点良知,他见孩子哭闹不止,语调压低了很多,说:"先别急,把孩子哄好后再说吧!"就这样,直到孩子停住哭声,又睡着了。为了不再把孩子吵醒,他的语气温和了些,把刘竞沏的茶也喝了。刘竞看到了陌生

第三章 路漫漫兮 迷途不醒

人态度的转变,感觉到他是个通情达理的人,心里也没有那么紧张了,放松了许多。但是,她还是觉得不能让他直接找到广丁,倘若有什么不测,不好收拾。刘竞心里一直打着转转:"如果广丁在外闯下了祸端,那也是很久以前的事了吧,难道是来秋后算账的?这有些不太可能,不管怎样,都得事先与广丁通了气后,才能让陌生人见到广丁。不过,为了安全起见,也得把事情的来龙去脉弄个明白。"于是,刘竞问陌生人:"先生,我一看就知道你是个好人,是个有良心的人。你今天来找广丁到底有什么事?我是他老婆,你就不能告诉我吗?"陌生人迟疑了一下,说:"告诉你也无妨,但是,你得帮我把你老公叫回来!"刘竞回答说:"先生,真对不起,我老公吃了早饭就出去了,到现在还没回来。唉!这个人真气人,到哪里去也不讲一声,回不回来也不知道。先生,这样吧,你告诉我,他一回来我就转告他,让他去找你,今天就辛苦你了!"话说到了这里,陌生人也只能这么办了。于是,他开门见山地说:"你家男人广丁一年前从我这借走了五万元钱,月息三分,约定一年后连本带利归还。可是,现在已超过了三个月,我连个人影都见不到,他既不还钱,又不打招呼,你说我心里能不急吗?"刘竞接过话荐安慰他、感谢他,并替丈夫的失约向他道歉。要账人接下来又说:"请转告他,明天我还会来的,叫他一定在家里等我!"说完就走了。那人走后,刘竞推开广丁的门,她问广丁:"那人说的是真的吗?"

他没吭气，继续玩电脑。刘竞接下来说："到底怎么回事？欠债还钱天经地义，你就还给人家，免得他到家里来吵闹！"广丁没好气地说："还，还，还，我拿什么来还！""还不出钱，你也好言好语招呼下别人啊，你窝到屋里出都不出去，你至少出去面对啊！"刘竞的火气也上来了，讲话提高了音调。广丁暴跳起来，大声叫："我正烦着呢，别来啰唆！"两人你一言我一语，吵起来了，越吵越厉害，吵得不可开交。

第二天大清早，刘竞正吃着早餐，急促的敲门声又响起来了，刘竞被吓得心惊肉跳，早点都无法吃下去了。以为是昨天那个要账的人又来了，她搂紧孩子，蹑手蹑脚地把门打开，却发现站在面前的是一个陌生人，从未谋过面。她上下打量着面前站着的人，问道："先生，你找错门了吧！"那人不耐烦地问："是文广丁家吗？"刘竞点点头。她这下清楚来的人是做什么的了，也没有问他，只叫了声："广丁，你的朋友来了！"那人就进了电脑房。

起先，只听到两人高声大叫了一阵，但听不清他们具体讲了些什么，刘竞也无心关注，因为她早已身心俱疲。后来房间内的气氛好像慢慢缓和了下来，讲话声音都压得很低。就在这时，客厅的门又被敲响了。刘竞开门一看，是昨天要账的人来了，忙招呼客人进屋。刚进屋，来人就听到了里屋轻微的讲话声，他一推开门就见到了广丁，随即他用手在脸前左右扇动，因为房间里的烟味呛得人难以忍受。他一进去

第三章 路漫漫兮 迷途不醒

就与先到的那个人打了招呼，看来他们都认识，估计都是在网吧结交的。后进去的那个人嗓门很大，大概意思是：今天非得拿到钱，要不然自己一定会不认兄弟！先到的那人一直劝着后来的人，闹腾了一阵后，就停了下来。一个多小时后，电脑房的门开了，要账的两个人一前一后出来了，径直走了。广丁没有出门，也没有送客。此后，每隔几天就有来找广丁要账的人，先后大概十几个人，他们都是怎样来，就怎样回。情形大致和前面两个要账的差不多，先是语气强硬，态度坚决，势在必得，后来就慢慢软化，这个结果出乎刘竞的意料。刘竞想："还是朋友好，哥们讲义气，要不然，一定会吵得不可开交。"经过几个月的闹腾，暂时平静了一段时间，刘竞以为她期盼已久的安生日子来到了。

一天，刘竞的手机打来一个陌生电话，她犹豫着接不接，思来想去，既然人家打到了自己手机上，还是接一下吧，也能弄明白对方打电话的意图。她一按下接听键，就传来对方的声音："喂，你是刘竞吧，你三年前某月某日在某平台上贷款的两万元人民币已经过了还款期限，如若你再不还款，咱们就法院见！"对方对刘竞的身份信息和家庭住址掌握得很详细。刘竞放下电话，一脸茫然："我什么时候在平台贷过款呀？"接到电话后，她一直坐立不安，像热锅上的蚂蚁，整天生活在日不思食、夜不安寝的阴影里。原以为该过安生日子了，没想到会加倍受到惊扰。她明显感到自己的身体越

来越差,走路都感到非常吃力,奶水越来越少,不能满足女儿的需求,只好买些牛奶来补充。不管怎么样,事情的真相必须查明,是真是假总得有个说法,不能老是在诚惶诚恐中度日。于是,刘竞把电话内容告诉了广丁,并问他是怎么回事?广丁摇了摇头说:"我怎么知道!""难道是遭遇了骗子不成,那么他们是怎样拿到我的身份信息和家庭住址的呢?其中必有缘由!"刘竞默默思考。接下来的几天她又相继接到了几个类似的电话,看来问题非常严重,得抓紧时间弄个水落石出。在这纷繁复杂的家庭环境里,在这无事生非的时刻,她觉得应该先让两个孩子脱离这个环境,自己才能把时间腾出来查清楚问题。因此,她把儿子文韵和托付给婆婆看管照顾,女儿文汝丹则提前断奶,被她送去了外婆家,让外公外婆抚养。

她就有更多的时间来应付这个意想不到的局面。她先从邻居、朋友处询问,重点是向痴迷网络的年轻人打听。她打听到:网上有许多贷款平台,只要输入身份信息、家庭住址、手机号码,就能贷到款。刘竞明白了,知道自己身份信息的人就只有一个人——文广丁。他经常拿走刘竞的身份证,因为是自己的丈夫,刘竞就没有追究他拿走自己身份证的用途,也是怪刘竞没有完全了解个人身份信息的重要性。后来刘竞又接到了几个类似的电话,各处的贷款不等,从几百、几千到几万。这怎么得了,刘竞自己一点儿收入都没有,自己生活都靠人供养,现在又欠下这么多债务。"天哪,还让不让

第三章 路漫漫兮 迷途不醒

我们过下去，还让不让我们活命啦！"刘竞高声呼叫。真的难为刘竞了，亏得她有无比刚强的毅力，在那样孤立无援的状况下都能挺住，实在令人佩服！

就在这时，刘竞的父母分别打来电话，说广丁在网上欠下了贷款，对方逼着还款，如果三天之内没有归还，将诉诸法院。刘竞问父亲："对方在电话里怎么讲？"因为她也不知道是真是假。父亲说："我与你妈妈接到好几个类似的电话，最初我们以为是诈骗电话，不予理睬，一见到就挂断。后来见多了，想试探一下到底有什么事。接通后，对方说：'文广丁是你的女婿吗？他在我处的贷款已超过约定期限，必须立即还款，否则将诉诸法院！'语气很重，讲得很认真，看来不像是假的。至于贷款数额是多少，问了对方，对方才报出。电话有来自河北的、山东的、河南的……"讲完后，刘竞对父亲说："爸爸，打扰你们了，请你告诉妈妈，今后凡是类似电话都不要接，直接挂了。所幸他们没有弄到你们的身份信息，你们不接，他们就会去找当事人的。"这样的电话虽然不断打进刘竞爸妈的手机，但他们听了女儿的话，直接就挂了，再也不为这种事情烦心。

一天，刘竞从超市买完菜回家，刚出电梯，就听见屋子里传出了各种嘈杂的声音，有叫骂声、拍桌子的声音、摔东西的声音，各种声音混成一团。还没进屋她就大概知道屋里发生了什么。在门外，她拨通了广丁父亲文正的电话，告诉

他说:"家里出事了,很多人在家里闹,广丁有危险,你得赶快过来!"文正接完电话,马上驱车赶来。他在门外,就听到屋子里传出大喊大叫的声音。一进门,就看到广丁的电脑房被挤得水泄不通,十来个个子高大的男人围着广丁。广丁哭丧着脸向他们求饶,他们一个个却不依不饶的,冲广丁说:"给钱就走人!"文正见状,对大家说:"大家好,有事好好讲嘛,何必那么大火气,到底什么事,非得在家里大吵大闹的?"此时,广丁号啕大哭起来。来人当中有的人可能不认识文正,有的人可能知道文正是广丁的爸爸。因此发出了各种声音,有人说:"你是谁啊?你管得着吗!"有人说:"你生的好儿子,借我们的钱至今不还,不讲诚信,你教育得好啊!"文正发愣了:"这么多人要钱,怎么回事?"他马上找刘竞询问,刘竞把自己知道的情况一一告诉公公。文正听后略有所思,对刘竞说:"不是叫你管好他的嘛,你怎么这么不管用呢?他难道还敢不听老婆的吗?造成今天的局面,你承担得了吗?"一连串的反问都是在埋怨刘竞,在责怪她。刘竞听了不置可否,只是唉声叹气,她已经再也不能承受任何压力了,不然会崩溃的!可是,有谁能体谅她呢?文正也知道,现在讲什么都是无用的,为时已晚。眼前要解决的是混乱的状态,他也知道,平息局面的唯一途径是钱,他更知道,要解决这些问题唯一的人选就只能是自己。可是,他也彷徨,这么多人都来要账,说明欠款是一笔大数目,他想从刘竞处

第三章　路漫漫兮　迷途不醒

打听广丁到底欠人家多少钱，刘竞也不清楚，只告诉他："这些来家里要账的都是广丁找别人借的现钱，而广丁在网上还贷了不少款，我经常接到催债的电话。"文正听了惊得目瞪口呆，虽然钱不成问题，可也是用一点儿就少一点儿，自己真的有些不舍，还有些许不甘。文正虽然迟疑、犹豫，可最后还是决定承担责任。他站到门边，对里面要债的人说："请大家把自己手上的借条与广丁当面算清，一共得还给你们多少钱，在借条上写上本息总数，三天后来这里取钱！"他话一说完，要债的人都高兴得不得了，争先恐后找广丁结算。算一个走一个，一个小时后就全都走了。第二天，文正、广丁、刘竞一起把网上的贷款清算一番，把到期的连本带利都还清，一共还了别人二十几万元。三天后，文正帮忙把其他债务也还清了。算了一下，连网上贷款，文正一共帮他们还了一百一十六万八千元人民币。此后一段时间，终于安宁了，再也无人上门打扰了，追债的电话刘竞也没再接到了。

十、还债，什么时候是个头

生活一平静下来，刘竞又想起了自己的事业，她重新把化妆店开了起来。重新开业的店铺生意依然红火，老顾客认同她

的为人，认同她的手艺，络绎不绝地前来。刘竞吃苦耐劳，只要有生意，不分白天黑夜地干。钱是赚了一些，可是广丁这个"耗钱筒子"又纠缠了上来。今天来要钱，明天来要钱，不给钱就在店里闹腾。店里不得安宁，生意当然要受到影响，刘竞怎能不心急呢？她对广丁说："真是冤家，你能让我清静一些吗？你老是这样，能让我安生吗？为什么要那么多钱？难道还在赌博不成？难道欠下的债务还没有还清？"他不答话，只是要钱。刘竞拿他一点办法也没有，实在是无可奈何。刘竞说："我真有福气，遇上这么一个不争气的东西，至死不变，太败类了！好话听不进，坏话听不得。"刘竞忍无可忍，终于说出了两个字"离婚"，只有离开这个鬼地方，为自己赢得自由，获得平静，开始自己的新生活，才会有开心快乐的日子。这样想就这样行动，刘竞回到了娘家。

　　她的老客户是不会丢的，因为都加入了微信群，有需要时，她就上门服务，流动作业。她的业务已遍布十几个城市，哪里有需要她就到哪里去。一时间她没有了固定住所，广丁想找也找不着。时间久了，她想在娘家附近再开一个店面，女孩子老是在外面跑也不太方便，二来要把娘家附近的顾客吸引过来，扩大生意。她一边上门服务，一边筹备店面，准备开业。时间过得很快，她离开夫家已有两三个月了，也想了解广丁近来的情况，在一次上门服务时，老顾客与她聊起了广丁。那个顾客说："听说你老公失踪了，不知是真是假，我也是听说的。"

第三章 路漫漫兮 迷途不醒

刘竞很着急,表情凝重,马上追问:"你知道是为什么吗?"顾客回答说:"说是追债的人逼得紧,为了躲债出去的,也不知道他去了哪里。""不出所料,果真还欠债,他一定继续在赌!"刘竞彻底崩溃了,她已经铁了心,只有迈出这一步,她才能逃出阴霾的禁锢。

　　天气慢慢转凉,刘竞想为女儿汝丹回家拿几件衣服,其实也是想打听一下丈夫的情况,她对广丁还是心怀几分关心的。丈夫堕落到如此地步,她想看到吗?绝对不会!看到这样的丈夫,她的心在剧烈疼痛,只是没有办法改变他,她已经尽力了,早已黔驴技穷。她回到家,刚打开客厅的门,两个彪形大汉就随她进了屋。刘竞吓坏了,问:"你们都是谁?进屋来做什么?""来做什么,你把老公藏哪儿去了?我们找了好久,今天终于找到你了,总算屋里还有人,把你老公向我借的钱还我!"其中的一个人说。刘竞说:"你去找他吧,又不是我借的钱!"这下可激怒对方了,他暴跳如雷,拍桌打椅,说:"今天你不给钱,我们是不会走的!"刘竞找好小孩的衣服,打算出门,却被他们拦住了。刘竞拨打广丁的电话,但是电话显示已关机,打广丁亲人的电话询问,大家都说不知道他的去向。刘竞求助公公,他回答说:"我没有办法,你们自行解决吧!"刘竞又说:"你过来一下吧,跟讨账的人协商一下,叫他们再宽限些时日吧。"文正回答说:"你们才是债务人,你们自己协商好了,我没有时间!"说完挂了电话。刘竞自言自语说:

"不顾亲情,绝情!冷漠!你把我当外人,可广丁是你的亲儿子啊!"她又恳求两个讨债人:"你们去找他的父亲吧,他父亲有钱,再说,你们拦着我也没有用啊,我身无分文。"一人说:"我当然找过他了,他不理会,还说:'我又没借你的钱,找我有什么用?'你打广丁的电话叫他回来,反正我们今天要不到钱,绝对不会走!""他不是关机了吗?我刚才就打了,你们也看到了啊!"刘竞无助至极,大家就这样僵持着,刘竞坐到沙发上,唉声叹气,有气无力。想:"自己真倒霉,挡箭牌偏偏就由我来当,真晦气!"不一会儿,刘竞的电话响了,她喜出望外,拿起手机一看,是母亲的电话。母亲说:"你快点回来吧,孩子想你了,她不吃不喝,哭得厉害,怎么哄都无济于事,一定抓紧时间回家!"刘竞越发着急,只好再向要债人求饶,把母亲的电话内容告诉他们,看能不能勾起他们的怜悯,产生同情,放她回家去。他们也知道幼儿是离不开娘的,但有人照顾看管是不会有多大问题的。于是,要债人说:"我们也不想为难你,只是你老公欠我们的钱太久了,他老是逃避,我们要不到钱。今天好不容易遇上你,你也得替我们想想吧!"刘竞拨通母亲的电话,没有办法,只能求助于母亲了,她把当下的真实情况告诉了母亲。她说:"妈妈,救救我吧,我被限制人身自由了。"说完大哭起来。母亲听到电话,焦急万分,一时慌了神,久久说不出话来,缓过神后,马上告诉刘竞父亲,商量对策。母亲对刘竞说:"孩子,别慌张,别害怕,稳住局

第三章 路漫漫兮 迷途不醒

面,千万别激怒他们,他们提出的条件你都答应,你把详细情况慢慢告诉我,我给你做主。"接下来,刘竞一边抽泣一边一字一句地讲述讨债人要债的事情。母亲问:"你问他们了吗?到底欠他们多少钱?""三万。"刘竞母亲马上拨通文正的电话,把刘竞遭要债人禁锢人身自由的事告诉他,求他去协调解决。她想:"一百多万的债都还了,难道还差这三万吗?"结果文正在电话中说:"行,不过,要刘竞打电话过来道歉!"母亲又把情况告诉了刘竞,刘竞马上应承,只要能摆脱当前的困局,不管是谁的错,代丈夫道歉又如何?她满怀希望拨打公公文正的电话。可是,事与愿违,拨一次,"对方已关机",拨两次、三次……都是"对方已关机"。时间分分秒秒地过去,眼看挨到了黄昏,他们还是不肯放刘竞离开。刘竞的哭声越来越急促,哭声之中充满懊恼和无助,这时,刘竞的母亲打来电话,要债人对刘竞母亲说:"既然您女儿与广丁是夫妻,那么三万元的债务一人承担一半,只要您想办法转一万五千元给我,钱一到账,我们马上放您女儿回家,并亲自送她到车站上车,保证她的人身安全。"刘竞母亲无奈地答应下来,只要他们不为难女儿了,放她回家,女儿能安全回家,比什么都重要。钱汇去了,不久她就听到了电话里女儿的声音:"妈妈,钱收到了,我转给了要债人,他写了收条,对方正准备送我去车站打车,我很快就会回到家的。"母亲和全家人听到这个消息异口同声地说"能安全回家就好!"刘竞的女儿似乎听懂了大家的议论,

- 109 -

看懂了大家的表情,一直哭着的她,突然微笑起来,手舞足蹈的,真是母女连心!

十一、家庭环境影响孩子的人生

在车上,刘竞思绪万千,自己早就应该离开这个家,但自己却迟迟未决,总是心怀善意,盼着有一天家里能充满亲情,其乐融融,没想到这是痴人说梦!在这个家庭里,自己的力量是有限的,是无法改变广丁的。在这样愚昧的家庭里,他们对自己的错误不以为然,以致形成今天的局面,令人痛心疾首!那个被称之为家的地方,如今已经成了一个危险的地方,一个失去了自由和快乐的地方,一个淡薄亲情的地方……她下定决心,必须与它决裂!

从此,刘竞开始了独立自主、自力更生的生活。她和女儿的生活费文正也不给了,以前,名义上由文正提供广丁他们一家四口的生活费,但是,大部分钱都被广丁花了,这还不算,广丁还经常向刘竞要钱。刘竞的收入不可能养活两个孩子,因此,把儿子寄养在了他爷爷家,虽然很想念,却没有能力接过来自己抚养。对于文正而言,每月只需要支付广

第三章 路漫漫兮 迷途不醒

丁一个人的生活费，自己的压力也减轻了。而广丁却尴尬无比，父亲只给他一个人的生活费，他再也没有油水可揩了。广丁大手大脚挥霍惯了，用钱毫无计划，若是要债的人没有来就好过一点儿，一旦要账的人一来，就绝没有好日子过。大部分债务都是他父亲替他还的，父亲为身体健全的成年儿子还债，情理上也说不过去，因而他在父亲面前总是抬不起头，直不起腰，没有了理直气壮的派头。要债的人要是来一回就能收回账，就不会再来；要是两次、三次要不到钱，就不会轻易走掉。要是惹火了对方，就会剑拔弩张，搞得惊天动地，不揍他就算他幸运了。

虽然文正替他还了那么多钱，可要债的人还是经常上门，网上催还贷款的电话还是时有打入。他到底欠了多少钱无法统计，无人知晓，他也确实不知天高地厚，放荡不羁。他把父亲给的钱花完了，第一个求助的就是刘竞，他知道只要没有离婚，刘竞就还是他的老婆，刘竞不可能坐视不管。刘竞通过自己的辛勤劳动，生意做得依然红火，也赚了一些钱。每当电话响起，只要显示是广丁的号码，她就觉得惊慌，因为在广丁那里她吃的亏太多了，自己对他们家的默默奉献从来不被认可，自己遭遇再多的痛苦也无人同情……但她一听到他的哀求，一想到他的处境，总是心生怜悯，或多或少会打些钱过去，并反复叮嘱："这些钱是给你生活的，不是供你赌博和玩游戏的，也不是给你偿还债务的！"广丁也会连

连答应,并且声音响亮。话虽这么说,他会不会这么做就搞不清了。毕竟钱给了他,主宰权就在他自己了。

十二、离婚以后

女儿文汝丹很快满三岁了,刘竞向法院提起了离婚诉讼。法院判决男女双方各抚养一个孩子,男孩文韵和由他爷爷替代其父亲抚养,女孩文汝丹由母亲刘竞抚养。因刘竞提出净身出户,不涉及财产纠葛和其他问题,就连广丁当初从岳父家借的十多万元钱,也就此作罢了,不再追究,因此,离婚手续很快就办好了。手续办完,双方都觉得自在,刘竞再不担心广丁的骚扰,广丁也觉得可以安心在家上网,可以关着门整天不出来。他的生活费是文正给的,只要精打细算,是足够自己生活的。

一个成年男子,四体不勤,五谷不分,不顾天高地厚,将七情六欲都转化为了仇恨。离婚后,他依然无意反省自己的过失,依然我行我素。这些生活上的不如意,更加深了他对父亲的仇恨,对妻子的仇恨,对儿女的仇恨,对所有亲人的仇恨。看什么都不顺眼,他厌恶身边的一切。

第三章 路漫漫兮 迷途不醒

由于常年与外界隔绝，广丁孤僻、桀骜的性格更加彰显，情绪急躁，一个人在家里不时发无名火。他一不顺气就摔东西，手边有什么顺手摔什么。邻居经常听见他家里发出咣当咣当的巨响，谁也不敢敲门去看个究竟。

他恨他的父亲，把一个原本幸福的家庭破坏了，恨他的父亲犯下"养不教"之过，他对父亲恨之入骨。他更恨父亲过于小气，每月给的生活费还不够糊口。"三十而立"，多好的年华，可广丁就葬送在仇恨之中，他至今仍无半点悔改之意，三十多岁正是创业赚钱的年纪，他却把没有钱花归咎于父亲给的生活费太少，父亲太吝啬，实在是荒谬至极！不过这也情有可原，因为在他的脑海里从来就没有伦理道德、长幼尊卑的概念，孝敬父母他从来就不懂。

他恨他的母亲，另立了门户，不来关心他、不来照顾他，也不给他钱花。可他没有想过，母亲的钱来之不易。广丁曾经以做生意为幌子，从母亲那里借了近十万块钱，其实还是为了还赌债，母亲这十万打了水漂，他却一句感谢的话都没和母亲说过，莫说是感谢的话，就连事情的真相他都没有告诉母亲。一个人遭受了损失，来龙去脉都弄不清楚，心甘吗？俗话说"石头掉进水里都要听个响声"，这么多钱不见了，连个响声都听不到！怪人要知理，无理就不要乱怪人。但是，这些事对于一个已经失去灵魂和理智的人来说无异于对牛弹琴。

他更恨妻子，恨她离自己而去。两个人如果在一起，刘

竟可以帮他借钱、贷款，还能赚钱给他花。刘竞为他在自己的娘家借的十多万元钱，同样打了水漂，都给他清偿了债务，离婚时提都未提及。婚姻存续期间，他是多么幸福，每天都有温茶热水，都有热菜热饭，一双机灵可爱的儿女在膝前绕来绕去。

　　照理来说，四口之家是美满的，生活应该多么温馨、多么其乐融融。可一个家庭的幸福少不了男主人的担当和责任，少不了女主人的奉献和温情，更少不了男女主人对彼此的敬重和珍惜。在结婚后的数年里，作为男主人的广丁，根本没有做好这个家的男主人，他对家庭没有丝毫的担当，他把老实的妻子当成家里的用人，他把家里所有的事情都推给老婆。他有严重的男尊女卑想法，认为男人是该享受的，女人是该付出的。在老婆怀孕期间，他从不关爱、从不怜惜，把女人看作是机器，一切功能都是预先设定的。老婆生下两个孩子，独自抚养孩子，她顶着巨大的压力，无私付出非但得不到丈夫的认可和尊重，还受到丈夫的奴役。丈夫对她不但没有半点慰藉之心，反而把她所有的付出都看成是应该的。这还不算，他欠下高额的债务，还盼着妻子赚钱给自己花，不知他的良心和德行安在？这样的人孤苦伶仃本是应该的，但他从不觉得这一切是自己造成的，而把责任强加于人。

　　仇恨、埋怨在他的心头已根深蒂固，也许陪伴他一生的就是孤单和寂寞吧！

第四章

浪子回头幸福归

一、亲情感召

按照当地习俗,在三十六岁生日那天是要操办酒席庆贺的。民俗认为,人生三十六是一关隘,跨过了三十六这道关,人生道路会一帆风顺,运势顺畅,无灾无难,因而值得隆重庆贺。这一天所有的家人、亲戚、朋友都会带着礼金、礼品来为之庆贺生日,就像为耄耋老人祝寿那样隆重。广丁三十六岁生日的前一天发生了一件他万万没想到的事。

上午，父亲文正和夫人莫非带着孙子文韵和来到广丁家门前，文正轻轻地敲着门，门久久未开。广丁以为又是来要账的，吓了一跳，不敢去开门。门继续响着，广丁觉得是福是祸该面对的还得面对，于是鼓励自己："勇敢点，豁出去了！"他蹑手蹑脚走到门前，轻轻地打开房门，一眼看到站在门前的是自己最亲的人，提起的心一下子放了下来，激动得眼泪流了出来。他把三人迎进屋，招呼大家坐下，给每人倒了一杯水，包括自己的儿子韵和。这些举动，文正一一看在眼里，一股欣悦的感觉从心底生出。多少年了，这样的广丁从未见到，文正感到儿子进步了，暗暗高兴，满心欢喜，心里想："我的儿子有救了！"

他们刚坐下不久，广丁的妹妹芝乙也来了，一家人聊起了天。他们看到广丁的屋子没有以前那样脏乱了，都互相点点头，意在赞许广丁的丁点儿进步。不知不觉，广丁的亲生母亲与继父也站到了门外，广丁将他们让进了屋，自己也在一旁坐了下来。屋里的气氛顿时变了，他们一来，广丁尴尬了，文正夫妇尴尬了，张丽夫妇也尴尬了。其实，这原本就没有必要，都既成事实了，就没有必要耿耿于怀，应摒弃前嫌。这种场面的出现，只是因为相互之间会面太少，接触太少了而已。不管怎样，反正都还是亲戚，有割舍不断的亲情。

没过多久，广丁已离婚的妻子刘竞站到了门外。她的到来，出乎所有人的意料，也让满屋的人都觉得惊喜。"妈妈！"

第四章 浪子回头幸福归

韵和高兴地跑过去，张开双臂抱住刘竞，母子亲作一团，手牵手进了屋。屋里的人情不自禁地拍手鼓掌，尴尬的局面顿时被打破，欢声笑语充满整个屋子。大家争先恐后地询问刘竞的近况，包括身体情况、工作情况、生活情况，更多的还是对文汝丹的关心。一直呆立在房中一言不发的广丁也走近刘竞，问："你怎么来了？"刘竞回答说："明天是你的生日，来为你过生日啊！"刘竞看到了广丁久未有过的微笑，也看到了广丁的一大变化，在客厅待了一个多小时，没有钻进电脑房。该来的人都不约而同地来了，这就是无论如何都无法割舍的亲情。

刘竞和大家一一打了招呼，就进了广丁的卧室，把他的脏衣服都清理出来，放到洗衣机里清洗，接着打扫卫生。芝乙见了也过来帮忙，凡到的人都帮着做力所能及的事情。很快，从卧室到客厅，从厨房到卫生间，从器物到地面都打扫得干干净净，焕然一新。大家累得满头大汗，坐下来休息，在休息的当儿口，文正对广丁说："明天是你三十六岁生日，是个非常重要的日子，我在酒店为你办酒席庆贺，你不用操心，到时一起去。"广丁点点头，答应道："嗯！"文正接着说："孩子，你不用担心了，再没有人来敲门要账了，该还的我都替你还清了，你不用再担惊受怕了。"广丁听后，高兴万分，心想："父亲还是父亲，亲情是割舍不断的呀！"刘竞为了给广丁过生日，也准备了一份礼物，一份特别珍贵的礼物——

一本书,一本《弟子规》。她觉得这比送钱送物有价值,这个价值是无法衡量的,它能改变人生,把人从歧途上拯救回来,把它送给广丁再好不过了,对广丁而言这是最贵重的礼物。

第二天,刘竞带着文汝丹怀揣着《弟子规》为文广丁贺生日去了。广丁正在电脑房里,刘竞走了进去,汝丹见到广丁大声叫"爸爸",广丁一把抱住汝丹,亲了又亲。刘竞双手捧着《弟子规》说:"祝你生日快乐!"广丁微笑着从刘竞手里接过书,看了看封面,翻了翻里面,随手放在电脑桌上,因为亲人都陆续到了,准备一起去酒店赴宴。酒店里热闹非凡,很多亲戚先到了,广丁的许多朋友也来了。席间大家纷纷向广丁致贺词,广丁应接不暇。一杯杯酒敬向广丁,杯子碰得咚咚响,广丁脸上挂满了笑容。他的脸红红的,笑容也多了许多,比结婚时的状态更胜几分,显得比那时还年轻了许多,几乎成了娃娃脸。他酒兴大发,回敬了客人、朋友几杯,有些招架不住了,趔趔趄趄的。大家觉得应适可而止,酒多伤身。客人们尽兴了,广丁也尽兴了。广丁的生日隆重而别致,他的进步大家有目共睹,他比以前更有人情味儿了,礼节上也有了长进。这次生日宴,对广丁的触动很大,他重新感受到了亲情的可贵。感觉到亲情可以唤醒亲情,亲情可以感召情谊,亲情可以复苏人的灵魂,亲情能给人以力量,亲情能激发人的斗志!

离婚之后,广丁才感到之前生活的甜蜜温馨,想起温柔

第四章 浪子回头幸福归

的刘竞、可爱的一对子女,他也常常为自己的所作所为感而悔恨。这次过生日,亲人、朋友的祝福让他感觉到大家并没有放弃他,亲人们依旧对他抱有希望,他也不想浑浑噩噩一辈子,因此,广丁这次下了决心,想要改掉恶习,好好努力,不让亲人们失望。

他认识到自己以前的想法和做法完全是错误的,仇恨只能使亲情淡漠,人性扭曲,既成的事实何必老是纠缠,要学会放下,尊重事实,广丁决心忏悔自己的过去。

这一天,广丁走进父亲家,在父亲面前一跪不起,边哭边忏悔:"爸爸,我对不住您,我错了,您生我养我,直到现在,我还要您供养,平时我却对您不恭不敬,我是不孝子,请您原谅儿子的过失,以后我一定会自食其力的!"文正见状,滚烫的泪水溢出眼眶,滚滚而下,自己也觉得愧对儿子,自己没有尽到父亲的责任,自己没有树立良好的榜样,自己没有帮助儿子树立正确的人生观,自己更应该忏悔。文正的泪水是喜悦的、激动的,也是忏悔的、苦涩的,更重要的是他看到了希望。

第二天,广丁去了外婆家。外婆正坐在客厅里发愁,愁眉不展。广丁没有去想外婆为啥不高兴,因为自己忏悔心切。同样一进门就双膝跪地,在外婆面前哭着说:"外婆,我错了,对不住您,是您和舅舅救了我,要不是你们,我现在还不知在什么地方,不知成什么样子了,我的一生真的完了。外婆,

外孙向您发誓：我一定重新做人，做一个有用的人，我会好好孝敬您的！"舅舅也来了，马上扶起广丁，帮他擦干泪水，开解他。外婆家的人也都看到了广丁的转变，这一重大转变使他们个个喜极而泣。

二、"自食其力"人之本分

广丁决心自食其力，用自己的劳动来创造价值，来养活自己。他觉得要做的第一件事就是不再接受父亲每月给他的生活费，然后去找工作，去上班，去挣钱。

表哥张裕知道广丁进步了，正想找工作，他愿意帮表弟一把。张裕开了一家汽车修配厂，厂里的各种工作都离不开油污。不是汽油、柴油，就是机油，工人师傅经常把自己弄得油污污、脏兮兮的。张裕有些顾虑，这样的工作广丁是否愿意干呢？尽管如此，也得试一试，反正比他去其他地方找工作要方便一些。张裕拨通了广丁的电话，说："是表弟吗？我厂里正缺人手，你愿意来工作吗？"广丁二话没说就答应下来，说："我愿意，表哥，谢谢你！不过，修汽车需要技术，我能行吗？"张裕回答说："可以的，没有技术可以学嘛，

第四章 浪子回头幸福归

我正好想招收徒工呢！"停了一阵，张裕又说："你若愿意明天就来上班吧，来厂里吃早餐。"广丁答应："好，表哥！"第二天早晨七点，广丁就赶到了汽车修配厂。吃过早餐后，张裕让表弟熟悉现场，看看工人师傅的工作过程。广丁在厂内东瞧瞧，西看看，摸摸汽车，摸摸零件，似乎对什么都感兴趣。他特别注重看工人师傅的修车过程，有的在拆零件，有的在修汽车的各个部件。他东奔西走，认真观察工人师傅的动作，他不放过每个人的每一个动作，他虽然没有动手修理，也累得满头大汗。第二天，张裕询问广丁，说："你看修车师傅累不累，脏不脏，你愿意学吗？"广丁斩钉截铁地回答："吃得苦中苦，方为人上人，我要把技术学精，我有信心！"接下来，张裕给广丁介绍了一个技术精湛的中年师傅，广丁拜过师傅，就跟着师傅干起活来。广丁在师傅面前很努力，搬零件、钻车底，重活累活争着干，天天如此，深得师傅喜爱。

工作了一个月，广丁拿到了表哥张裕发给他有生以来的第一份工资，他紧紧捏在手中，掂量来掂量去，感到沉甸甸的，心里喜洋洋的。自己赚的钱最有分量、最有价值，使他懂得了劳动的意义，也懂得了珍惜劳动成果，他再也不乱花钱了，他觉得钱要花得更有意义。拿到工资他要做的第一件事就是孝敬老人，下班后，广丁就带上一些钱去超市购物，一共置办了三件礼物，外婆、父亲、母亲一人一份。这些东西既是礼物又是广丁迟来的孝心，接到礼物的老人都夸赞广丁是个

有孝心的好孩子。

广丁在汽修厂由于勤学苦练，勤劳肯干，师傅们夸奖他，张裕赏识他。几个月后，他的修车技术已经很娴熟了，可以独立修车了。世上无难事，只要肯登攀，什么事都是可以学会的。广丁从此就一直在汽修厂干着，成了一名优秀的技师。他的工资越来越高，他的奖金越发越多，他得到更多人的夸奖和大家的信赖。

"浪子回头金不换"这句话，太有现实意义了！

三、破镜重圆家美满

刘竞知道了广丁的改变，心中无比高兴，她感慨万千："想当初，无论自己怎样劝导他都不管用，他还会与自己越走越远。"刘竞知道广丁原来不作为的根源：不劳而获，丧失斗志，精神颓废，好逸恶劳，贪图享乐；而现在广丁可以自食其力，精神振奋，信心百倍，前途光明；他明白劳动的意义，更珍惜劳动的成果。他又回到了亲人的怀抱，使他成了勤劳刻苦，努力追求梦想的人。

这时候，刘竞更想支持他、鼓励他，更希望他能坚持不懈。

第四章 浪子回头幸福归

她经常打电话、发微信表扬广丁，广丁也清楚地知道，过去的自己由于傲慢、任性、自私、放荡，有很多对不起刘竞的地方。因此，对刘竞的劝说言听计从，还时常关心刘竞。

芝乙与刘竞感情一直很好，以前，芝乙一直对哥哥的所作所为持否定态度，对刘竞提出离婚的主张很支持，因为她同情刘竞，她亲眼看到嫂子辛苦受累。离婚后，她俩还经常来往，保持着密切的联系。芝乙打听到嫂子一直忙于事业，没有改嫁，因而想说合哥嫂重归于好，劝嫂子看在儿女分上，回到这个家来。刘竞何尝没有想过，她一边默默努力工作，一边耐心地等待着广丁的转变。看到广丁的转变，最高兴的人要数刘竞了，因此她决心摒弃前嫌，对过去的是非对错不加计较，不辩功过。自己生下了一双可爱的儿女，因为分居，使他们相互思念，伤害了他们幼小的心灵。如果复合了，父辈的遭遇就不会在他们身上延续。刘竞认为，只要能让孩子们幸福、快乐，有健康成长的环境，自己愿意做出退步。

虽然刘竞没有明确表态，但从她的良苦用心就可以看出几分来。文正也出面调停，并请人择了个良辰吉日把刘竞接回家来，与儿子重归于好。日子一到，文家出动了大队人马，带着礼物，一齐奔向刘竞家。刘竞家里热闹非凡，满屋欢声笑语，刘竞父母忙前忙后招待客人。客厅里文广丁单膝跪在刘竞面前，双手高高举起一束鲜花向刘竞求婚："亲爱的老婆，还是嫁给我吧！过去都是我的不是，使你受苦、吃亏、受累，

请原谅我！今后，我一定担起家的责任，好好补偿你，使你幸福，使全家幸福！"刘竞接过花，扶起广丁，在众亲人的欢呼声中，带着两个孩子一齐登上了回家的车。

五岁的文汝丹拍着手，高兴地喊着："爸爸、妈妈结婚了，爸爸、妈妈结婚了……"文韵和、文汝丹兄妹两个高兴得不亦乐乎，无法形容！

此后，刘竞与广丁夫妇俩情投意合、夫唱妇随、各尽其责。两个孩子开心快乐，健康成长，父母又为他们营造了优渥的生活环境。

这一过程，对广丁的教训是沉重的，他深深地感觉到："作为家长，特别是父亲，一定要修身养性，严格要求自己，要遵循道德准则，心胸要宽阔，不能斤斤计较，对家庭、对孩子要有担当，对孩子的未来负责任，在孩子面前要树立优秀的榜样！"